Papá

Fue un poco difícil elegirte un libro de recuerdo de mi visita a l'Argentina. Podría haber sido de paisajes bah pongo, pero considerando que el equipo ella pasaba los 30 i pico kilos, elegí algo más chico... pero re gaucho.

Trabajando en el pueblito en los límites de la Patagonia, entre las vacas i los carneros, me enseñaron unas cosas los gauchos:

Primero, el mate se ofrese a todos... como se le ofrece la mano a un caballero o un beso a una señorita.

Segundo, el gaucho parese ser cerrado, pero es el primero a ofrecer ayuda, el que mejor te recive en su casa... el

CUENTOS CAMPEROS

que te trate como hermano.

Ultimo, el asado se come... con cuchillo, pan, i tinto... como Dios los inventó.

Espero que te gusten los cuentos, cuando tengamos un rato, tanbien me enseñaron unos dichos i refranos criollos que te puedan interesar!

Un beso grande
Rudy
05/03/00

Los derechos intelectuales de esta obra pertenecen exclusivamente a los sobrinos del autor, señoras María Edelmira Lynch de Llambí y María Teresa Lynch de Ocampo, y señores Tomás Francisco Lynch y Juan Manuel Lynch.

©1997, Editorial Troquel S.A.
Pichincha 969, 1219
Buenos Aires, Argentina

Diseño de tapa: Manuel Ressia

1° edición: Diciembre de 1964

5° edición: Noviembre de 1997

ISBN 950-16-5117-7

Queda hecho el depósito que establece la ley 11.723

Printed in Argentina
Impreso en Argentina

Todos los derechos reservados. No puede reproducirse ninguna parte de este libro por ningún medio electrónico o mecánico, incluyendo fotocopiado, grabado, xerografiado o cualquier almacenaje de información o sistema de recuperación sin permiso escrito del editor.

BENITO LYNCH

CUENTOS CAMPEROS

EDITORIAL TROQUEL/BUENOS AIRES

Introducción

Biografía del autor

Delgado, elegante, con un traje bien cortado, el cabello corto y peinado hacia atrás, una mano en el bolsillo y con un gesto casi displicente, de dandy. Aparenta unos veinte y tantos o unos treinta y tantos. Así lo vemos en la foto tomada en el Jockey Club de la ciudad de La Plata, uno de los lugares que frecuentaba, además de la redacción del diario *El Día*, de la misma ciudad, propiedad de su padre.

Había nacido en Buenos Aires el 25 de julio de 1880, como consta en el acta de bautismo de la parroquia Nuestra Señora del Socorro, o en Fray Bentos, Uruguay, donde está asentado su nacimiento el 12 de agosto del mismo año (las últimas investigaciones se inclinan por la segunda hipótesis), pero su vida transcurrió en la Argentina y siempre fue considerado como un escritor argentino.

Vivió sus primeros años en Buenos Aires. A los seis se trasladó junto con su familia a la estancia El Deseado, cerca del pueblo de Bolívar, donde permaneció siete años. Allí fue entonces, donde recibió las muy vívidas impresiones de la vida de campo que aparecen claramente en su narrativa rural.

Cuando cumplió trece años su familia se mudó a La Plata, para que él y sus seis hermanos estudiaran. Pero no llegó a terminar el bachillerato: muy joven se inició en el periodismo en el diario paterno, de tendencia conservadora.

Vivió hasta su muerte en la misma casa. No se casó nunca, sólo viajó por la llanura de la provincia de Buenos Aires. Su vida social fue escasa y su aislamiento aumentó después de la muerte de su madre.

No era conocido en el ambiente literario de la época y cuando logró un éxito con su novela *Los caranchos de La Florida*[1] hubo quienes pensaron que se trataba de la obra de un norteamericano. Pero el reconocimiento no lo hizo abrirse más e incluso, en sus últimos años, se negaba a reeditar sus obras.

Murió en 1951, en la casa familiar de casi toda su vida.

Su obra incluye varias novelas y más de una centena de relatos. Su tema es el gaucho, que se ha hecho sedentario, y su relación con el patrón, dueño de estancia, quien le da un trato autoritario, muy duro, algunas veces; con actitudes paternales, otras.

Su primera novela, *Plata dorada*, de 1909, de alto contenido autobiográfico, narra las impresiones de un muchacho que deja el campo para ir a estudiar a la ciudad.

La segunda, *Los caranchos de La Florida*, de 1916, lo muestra como un escritor que construye con eficacia el drama de dos hombres, padre e hijo, enfrentados por una mujer. El padre ejerce un poder feudal sobre los peones, pero no puede con su hijo, que es como él. Se admiran y se detestan. Un final violento cierra ese mundo de miedo, omnipotencia y rebeldía.

Raquela, de 1918, es su tercer intento novelístico. Es un texto más amable, de final feliz, en el que la muchachita, hija de un estanciero, ama a un gaucho, pero sólo es un muchacho de su misma condición social que se hace pasar por tal.

De 1923 es *Las mal calladas*, en la que plantea la mirada de hombres y mujeres sobre dos temas claves: el honor y el deber.

En 1924 llega otro éxito: *El inglés de los güesos*[2], donde enfrenta el campo y la ciudad, lo urbano y lo primitivo en una historia que reúne a Mr. James, el inglés con una cantidad de personajes del campo.

Entre sus novelas cortas se cuentan *Palo Verde*, *La locura de honor*, *El casao casa quiere*[3], entre otras.

Su última novela, *El romance de un gaucho* (1931), laboriosa y extensa, se hace de difícil lectura por cierta monotonía y defectos de construcción.

Sus cuentos, dispersos en los diarios *El Día* y *La Nación*, las revistas *Caras y Caretas, Mundo Argentino, El Hogar* y *Leoplán* se agrupan –no todos– en los volúmenes *Cuentos criollos* (1940) y *Cuentos camperos*[4] (1964).

La obra de Lynch testimonia un momento de nuestra historia de transformaciones en la explotación de los campos y de las novedades de los gringos. Está escrita con ganas y revela sus contradicciones en la valoración de los personajes que no son de su clase, presentados a veces como brutales o embrutecidos, o idealizados en una inocencia excesiva. Tiene aspectos en común con Horacio Quiroga, con quien mantuvo una amistosa correspondencia y afinidades temáticas con Ricardo Rojas y Leopoldo Lugones.

Sus tres novelas más exitosas, *Los caranchos de La Florida, El inglés de los güesos* y *El romance de un gaucho*, fueron llevadas al cine gracias al fuerte dramatismo de sus situaciones.

Campea en algunos de sus relatos un humor amargo, una media sonrisa, parecida tal vez, a esa que apenas esboza en la foto que evocamos al comienzo.

Su experiencia ha sido, tal vez, la fuente de la que se nutre esa peculiar mirada que echó sobre la realidad de su propia existencia y de la situación de su país.

---

1. Benito Lynch. *Los caranchos de La Florida*, Troquel, Buenos Aires, 1958.
2. Benito Lynch. *El inglés de los güesos*, Troquel, Buenos Aires,
3. Benito Lynch. *Palo Verde y otras novelas cortas*, Troquel, Buenos Aires, 1960
4. Benito Lynch. *Cuentos Camperos*, Troquel, Buenos Aires, 1964

Prólogo

Lector, ponemos en tus manos esta antología de Cuentos Camperos. Cuentos criollos por su ambiente, sus personajes, su lenguaje y sus temas.

Aquí encontrarás situaciones dramáticas relativas a las relaciones de los hombres entre sí y con la naturaleza, narradas con la fuerza del que ha sido testigo de los hechos o ha sabido de ellos directamente.

Muchas de las historias giran alrededor de momentos graves en la vida de los protagonistas. La muerte acecha, y a veces se hace presente.

Te encontrarás con el miedo, la lealtad, las relaciones entre patrones y peones, donde la sumisión y el afecto pueden mezclarse; el patriotismo, la compasión, la brutalidad, la sabiduría del hombre de campo (aquel gaucho a quien le basta echar una mirada a un caballo aparentemente salvaje para saber que ha sido montado anteriormente), los encuentros y desencuentros entre gringos y criollos, la traición y la crueldad hacia los animales de "bárbaros" y "civilizados".

Estos textos te permitirán reflexionar y discutir sobre algunos temas clave de las relaciones del hombre con otros hombres y con el ambiente que lo rodea y, a la vez, conocer cómo era la vida en el campo argentino en la primera mitad del siglo XX.

Que lo disfrutes.

La torta

Culmina el día estival. Afuera un diluvio de sol ardiente que amustia y llena el campo de reverberaciones temblorosas y allí, adentro, en el "cuartito de amasar" de la Estancia y junto a la boca cerrada del gran horno, un calor de fragua, que pone rosas de fuego en las mejillas de la joven señora y hace brillar como barnizada la redonda cara de Paulina negra y gruesa mocetona, que la secunda en su tarea.

Llena el recinto un grato olor de azúcar quemada y de pan caliente y mientras Paulina, al aire los redondos brazos de ébano amasa vigorosamente, la señora que tiene desnudos también los suyos tan blancos y nacarados como los pétalos de los jazmines del cabo, mojando una pluma de ave a guisa de pincel y pinta una larga fila de bollos que hay sobre una mesa.

En un rincón el grifo del agua mal cerrado deja caer en la tina que hay debajo, un chorrito cristalino, que refresca y alegra, en medio de aquel gran bochorno, como el canto de uno de esos pajarillos solitarios que se burlan del sol entre el ramaje.

PAULINA *(por la masa que tiene entre manos)*: Lo que es ésta no va a quedar tan linda como la otra.

LA SEÑORA *(volviendo el rostro para mirarla)*: ¡Ah! ¡claro!... Pero no importa...

LA COCINERA *(desde afuera y asomando su cabeza tocada con un pañuelo amarillo por la rendija de la puerta)*: ¡Patrona!

LA SEÑORA: ¿Gregoria?

LA COCINERA: Vea que ya van a ser las doce...

La señora: Ya sé; un momentito... ¡Están todos los peones!...

La cocinera: Van llegando...

La señora: ¿Dónde está Julianita, Gregoria?

La cocinera: ¿La niña? No sé aura..., pero reciencito estaba ahí en el portón, dándole de comer a su vaca... ¿Quiere que la llame?

La señora: Bueno haga el favor... Capaz es de estar al rayo del sol...

La cocinera: Y quizá nomás... Es curtida...

Paulina *(Riendo a la señora):* Y después es tan miedosa pa todo... La viera nomás esta mañana, cuando fuimos hasta el monte, pa trair los duraznos... Al menor ruidito que oiba ya quería disparar... Decía que debian de andar malos hombres... ¡Ja, ja, ja!

La señora: Así es; muy traviesa; y después se da cada susto... *(a la cocinera)* —¿Y el señor?

La cocinera: ¿El patrón? Ahí detrás del escritorio conversando con... con ese hombre grande y fiero... no me acuerdo nunca del apelativo. ¿Ese que sabe venir de "La Blanca"?... ¿Uno e barba entera cortao en la cara?

La señora *(con un gesto ambiguo):* ¿De barba?

Paulina *(con risueña malicia a la señora):* Sanguino, señora, se llama Sanguino... ¿No lo ha vido nunca?

La cocinera: Eso es. ¡Ah, ah!

La señora: ¿Y por qué? ¿Qué tiene de particular?

Paulina: ¡Nada! Que es el cristiano más fiero que haigan visto mis ojos... A ése sí que no quisiera hallarmeló a solas en el monte...

La cocinera: ¡Bah! ¿Por qué? Mal hombre no ha de ser. De no no lo tendrían en "La Blanca" ande saben ser delicaos...

Paulina *(alzándose de hombros):* ¡Eso no sé! Pero por güeno no ha de tener en la cara ese chirlo que tiene...

La cocinera: *(riendo):* ¡A la verdá... *(a la señora)* —Ahí viene la niña...

La señora: ¡Ah! Bueno...

La cocinera: *(a punto de irse):* ¿Entonces me manda avisar cuando quiera que saque, no?
La señora: Sí, sí *(a la mocetona después que la cocinera se ha marchado).* Bueno; dejá eso nomás, Paulina, que hay que tender la mesa...
Paulina: Sí, señora, voy...
En ese momento se abren las dos hojas de la puerta y Julianita entra bruscamente en el cuarto de amasar.
La señora *(con sobresalto):* ¡Jesús! ¡hija, por Dios!...
Julianita *(riendo y dejándose caer sobre un banco, la cara empurpurada y su hermosa cabellera castaña toda revuelta):* ¡Ay mamá! ¡Qué susto!
La señora *(con cierta severidad):* ¿Qué? ¿qué te pasa?
Julianita *(echándose aire con la gran capota de paja que tiene entre las manos):* Estaba... estaba, figúrate allí, debajo de las higueras, buscando un poco de gramilla para la vaca, cuando de repente me pareció oír un silbido...
La señora: ¿Y qué?
Julianita: Y he salido disparando, disparando como una liebre... Mira el rasgón que se me ha hecho en la pollera...
La señora *(a tiempo que toca para ver si se ha enfriado ya una torta que está sobre la mesa y que es la obra maestra del amasijo):* Sí... Mucho miedo pero siempre andas por donde no debes... ¿Qué hora, ni qué sitios son ésos, para andar buscando pasto... Te olvidas de que eres una niña grande, Julianita, de que tienes ya catorce años?...
Julianita *(con los ojos bajos y tratando de unir los bordes del desgarrón de su vestido):* No esaba haciendo nada malo... al contrario, estaba haciendo una obra de caridad...
La señora *(riendo):* ¡Ah, sí! ¿No podía esperarse la pobrecita vaca a que bajara el sol? Está redonda como un globo de puro gorda y...
Julianita *(tratando de alisar con sus lindas manos los rizos alborotados de su cabellera):* ¡Claro! Porque la cuido... Si no la cuidara

estaría como antes, hecha un esqueleto... *(incorporándose y yendo a curiosear la gran torta que está sobre la mesa)* ¡Ah! ¿Es la torta? ¡Ay, qué rica parece!, ¿no? *(pellizcando en la azucarada corteza).* ¿La comeremos luego con el mate, mamá?

LA SEÑORA: ¡Chist! ¡Quieta!... Mira, lo mejor que puedes hacer es llevarla para adentro y ponerla en el aparador...

JULIANITA *(tomando la torta con cómico espamento)*: ¡Con mucho gusto! ¡Caramba! ¡Venga para acá señora torta!

LA SEÑORA: ¡Cuidado, no te vayas a quemar que está caliente!

JULIANITA: No, mamá, no.

LA SEÑORA: ¡Oye! y de paso dile a Gregoria que puede ir sacando el almuerzo para los peones.

JULIANITA *(saliendo)*: Sí, mamá, sí...

Y la niña, protegidas las manos del calor de la torta, por un lienzo en cuatro dobleces, y la cabeza descubierta y colgante por las bridas la capota de paja que le golpea las rodillas, atraviesa apresurada el gran patio desierto en donde el sol meridiano se vuelca en torrentes de oro fundido. Pero apenas penetra en aquel angosto pasadizo que cae entre la cocina y la "carnicería" de la estancia y en donde hay sombra y reparo, se detiene un instante para acercar la torta a su naricita golosa y aspirar amplia y voluptuosamente el grato perfume que despide.

Y en esto está, cuando oye del lado del pasaje la voz engolada de su padre que indica a alguno su camino: ¡No, hijo! ¡Por allí, por allí!...

Y al levantar la cabeza, Julianita, con pasmo de asombro, ve venir hasta ella por el angosto pasadizo la más espantable cara de gaucho que haya podido imaginar ni aun en sueños: Unas barbazas de matorral blanquecinas, un ojo de ascua que guiña ferozmente, al compás de un andar claudicante y una boca que se abre como una cueva entre la maleza, para soltar a dos pasos, con una voz que recuerda el mugido lejano de un toro este dicho tremendo: ¡Güen día!

Entonces Julianita en su espanto al principio no acierta ni a avanzar ni a retroceder, pero cuando el hombre se detiene junto a ella para cederle el paso, con brusco ademán y un ¡Tome! lleno de desesperada energía le entrega la gran torta y huye enseguida a la carrera.

El gaucho se queda un instante inmóvil mirando estupefacto el presente inesperado, y después cuando reanuda su marcha hacia la cocina de los peones, va diciendo a todos los que encuentra, con un dejo de emoción en su voz cavernosa:

—¡Qué güena la hija el patrón! Me ha regalao una torta...

Pedro Amoy y su perro

Deben ser poco más de las 9 de la mañana del domingo 11 de marzo de 1934, cuando Pedro Amoy, después de pasar la tranquera de La Estancia, como siempre seguido de su perro "Clavel", pone de nuevo a gran galope su montado.

Por más que se haya convenido en la absoluta desaparición del gaucho, Pedro Amoy, peón de campo de la Estancia Chica, es un gaucho, tan gaucho como lo fueron, su padre, su abuelo y su bisabuelo y por tanto con los mismos defectos y las mismas virtudes.

Es un hombre maduro, sin vicios, serio y práctico como el que más para trabajos de a caballo. Analfabeto, parsimonioso, rutinario y al igual que su padre y que su abuelo dice aún "jusil" y "rejucilo" y no reconoce en los extranjeros otras aptitudes que para trabajar de a pie y para hacer plata; pero sin embargo, su peor defecto, y que a él sólo perjudica, es el que Ludwig atribuye en su *Napoleón* a Alejandro de Rusia.

Si un hombre le hace un servicio o tiene para con él, alguna de esas vulgares atenciones que provoca la vida de relación, Pedro Amoy, no solamente no lo olvida nunca sino que se siente atado a aquel hombre por el lazo de la lealtad más absoluta.

El Doctor Kulosky, hacendado, médico partero del pago, y político, le recomendó hace años al mayordomo de la Estancia Chica, que andaba como loco en procura de un hombre honrado para aprovecharlo con confianza, y aunque no lo recomendó por beneficiarlo a él, sino para sacar al mayordomo, de su apuro, Pedro Amoy, le está obligadísimo y es por eso, que en esta hermosa mañana de marzo, al través del campo lavado por la lluvia, apura el galope de su caballo, para hallarse cuanto antes en presencia del "Dotor" que lo ha mandado "a llamar" no sabe para qué, pero "en fija" para algo desagradable y difícil como ya tantas veces le ha acontecido.

Y si Pedro Amoy, espejo de lealtad humana, galopa a la vista de "las casas" sumido en estas preocupaciones, otro tanto le sucede a "Clavel" espejo de fidelidad perruna que le sigue también a gran galope un palmo de lengua afuera aleteante como una banderola. Otra vez la batalla, otra vez el eterno encuentro ineludible, con los perros de la estancia ajena, que saldrán fatalmente a pelearlo con todas las ventajas de la corpulencia y número. ¡Ah, ah! Ya alcanza a ver cómo salen los trompetas de todas partes y se van reuniendo en torno del automóvil del Doctor que se alza en medio del patio de la estancia como un enorme escarabajo reluciente.

Así, pues, tan pronto como Pedro Amoy levanta su caballo –un redomoncito zaino de rienda todavía–, "Clavel", pequeño, negro, lanudo y de raza tan indefinible como la de su amo y la de la mayoría de sus compatriotas del presente, detiene también su galope y muy baja la cabeza y la cola entre las piernas sigue la marcha al trotecito y casi pegado a los garrones del caballo.

A juzgar por el continente que ha adoptado de pronto, se diría que abriga la esperanza de pasar inadvertido a los enemigos que lo aguardan o de amansarlos con su humildad de pobrecito.

Los viajeros se hallan todavía a media cuadra del solitario palenque de "La Estancia", cuando de pronto la perrada que está en el patio, se lanza en masa a toda velocidad sobre ellos.

Pedro Amoy continúa impasible sobre el recado, el cabo del rebenque apoyado en un muslo; el zaino se limita a amusgar las orejas y a bajar un poco el anca y "Clavel", el pobre "Clavel", a hacerse todavía más chiquito como si quisiera caber entre las patas del caballo.

Entonces los perros del Dr. Kulosky se limitan a escoltar a los viajeros rodeándolos a distancia amenazándolos con amagos de ataques y aturdiéndolos con ladridos.

Cuando Pedro Amoy llega al palenque, una mujeruca, que se ha asomado a una puerta atraída sin duda por el baladro de los perros, grita algo en dirección al escritorio del Dr. Kulosky y enseguida aparece éste en el umbral y se dirige prestamente hacia el palenque, haciendo al gaucho amplios ademanes de saludo.

Pedro Amoy desmonta y con su habitual parsimonia, pone primero el caballo rienda arriba, lo ata al palenque, se quita el sombrero, se lo vuelve a acomodar en su sitio y por último, se mueve en dirección al médico, en lenta marcha de sus cambadas piernas.

El Dr. Kulosky, más resuelto y diligente ya está con él antes de que haga tres pasos.

—¡Pereyra! ¿Cómo le va Pereyra? ¡Tanto gusto! Le avisó Trachini ¿no?

—¡Ah, ah! Ayercito, tarde pasó en el For...

—¡Qué bueno! Cómo le agradezco que haya venido... Pereyra...

—¡Amoy!... ¡Pedro Amoy, Dotor!...

—Eso es ¡caray! ¡Amoy! ¡Qué cabeza tengo!

Y después de palmearlo, cariñosamente, lo empuja va hacia el escritorio cercano, cuando un repentino y escandaloso alboroto que arman sus perros, contra "Clavel" le obliga a volverse y a gritarlos con energía a tiempo que se agacha para recoger un cascote:

—¡Fuera perros de miércoles, fuera!

Y apenas los canes se contienen y se retiran asustados por la amenaza, vuelve a sonreír y a empujar de nuevo a Pedro Amoy hacia el escritorio.

—¿Es por el perrito, no?

—¡Ah, ah! –contesta el gaucho–. ¡Me tiene mucha ley, el pobre animalito!

—¡Claro! –asiente el Dr. Kulosky y palmeando de nuevo a Pedro Amoy, agrega con acento campanudo a tiempo en que penetran en el escritorio–: A los hombres derechos y honestos como usted, amigo Pereyra, hasta los perros los quieren y los respetan.

Después y como ya tantas veces le ha acontecido el pobre "Clavel", vuelve a quedarse solo, ante el enemigo sin más amparo, ni compañía, que aquellas cuatro patas de caballo que estremecidas y nerviosas no le inspiran mayor confianza.

No bien han desaparecido los hombres cuando la perrada de La Estancia ventajera y cobarde reinicia sus ataques contra el lanudo congénere. Hay que ver entonces cómo se transforma "Clavel" ante el peligro cierto y cómo armoniza su valor con la estrategia de su experiencia.

La perrada contenida, por la presencia del caballo, que un poco asustado les ha dado el frente y se ha encogido casi hasta juntar las patas, sitia a "Clavel" desde muy cerca y mientras los cuzcos tan estrepitosos como prudentes, llenan el aire con sus ladridos, un perro barcino y una perra picaza overa, le amagan ataque tras ataque, arregañando los dientes y los ojos enrojecidos de cólera.

Pero "Clavel" contraído como un resorte y erizada la pelambrera del cogote hace espaldas en las manos del redomón, sin perder su sitio, ni dejar de vigilar a todos lados y responde a cada ataque con unas cortas dentelladas que aunque se malogran en el aire, sonando como castañuelas, mantienen a raya al enemigo.

¡Pobre "Clavel"! ¡Pobre perrito negro! Tan sólo tu lealtad –uno de los más raros y nobles sentimientos, que pueda albergar el corazón de un hombre o de una bestia–, ha podido meterte por centésima vez en tal enredo.

Una mujeruca que cruza el patio, al oír el alboroto vuelve la cara y se detiene un instante para gritar hacia el palenque con voz cansina: —"¡Juera perro! ¡Juera!"– pero como ninguno le hace caso, prosigue enseguida su marcha y penetra en la cocina, con el andar vacilante de una rata cansada.

Como el perro y la perra le atacan por turno y cada vez con mayor decisión, el pobre "Clavel", está tan fatigado, que ya no puede recoger ni por un segundo, dentro de la boca su lengua soltada al máximo y lastimada, ensangrentada por sus propios colmillos. Mas, de repente, ocurre lo inesperado: Un perro bisojo, grandote y zonzo, de los que forman el grupo de los prudentes, roza distraído las patas traseras del redomón y el arisco animal ya al extremo de la excitación, por todo aquello que está ocurriendo, se asusta del todo y con una formidable coz de garrones, lo tira a diez pasos de distancia entre atroces aullidos.

Entonces y como es frecuente ver en los perros sin raza, cuando atacan en banda, bastaron aquellos gritos lastimeros, para que toda la perrada sorprendida se asuste y se lance a la huída en masa con la mayor cobardía.

El bravo "Clavel", que también se asustó en el primer momento, reacciona de inmediato al ver huir a sus enemigos y todavía se da el lujo de perseguirlos ladrando, por espacio de muchos metros.

Lo que ocurre después es tan honroso para la mentalidad perruna, como digno de la observación de los sabios: "Clavel", sacudiendo el lomo y con la lengua a todo trapo se acerca de nuevo al caballo y mirándolo avergonzado y contento, le agradece con la expresión de los ojos, de las arrugas de su afilado hocico y del meneo de su poblada cola, el generoso auxilio que acaba de prestarle.

El redomón –que como es de suponer, no coceó por favorecerle, sino porque le hicieron cosquillas insoportables en las patas– no puede comprender el motivo de aquellas manifestaciones y se limita a enarcar el cuello y a lanzar un ronquido, retrocediendo un breve paso.

Pero "Clavel", movedizo y contento no repara en ello y prosigue repitiéndole hasta el cansancio con los ojos, con la cara y con todo su negro cuerpo, estremecido y ondulante algo así como esto:

—"¡Chas gracias, compañero! ¡Ea que estuvo lindo! ¡Pero qué bárbaro!, ¿no? Casi me agarra a mí también, en el viaje"...

Minutos más tarde y en momentos en que "Clavel", ya tanquilizado se entrega en cuerpo y alma a una de esas "toilettes" íntimas a que son tan afectos sus congéneres, Pedro Amoy y el Doctor Kulosky aparecen en la puerta del escritorio, y ¡cosa curiosa! En tanto que el Doctor habla en voz baja, el gaucho entre sorprendido y agradecido y tímido hace unos visajes y contorsiones que tienen mucha semejanza con los que hacía su perro, un poco antes.

A lo mejor cree Pedro Amoy, que el Doctor cocea por él, cuando lo está haciendo por sus cosquillas.

Corajudo el alférez

"—¿Sabe "Tatagüelo", que el Doctor nos ha comprometido para no acudir a la "invitación" formulada por el Gobierno a todos los empleados?"

"—¡Ah, ah!" Y el viejo soldado de las campañas contra los indios, que en ese momento, como en tantos otros, está tomando mate amargo en la terraza, pregunta a continuación, contrayendo mucho las cejas:

"—¿Apeligran los empleos?"...

"—¡Ah, claro!" –responde el joven, inclinándose para arrancar una flor de cierto malvón que su hermana cultiva en aquel sitio.

"—¡Ah, claro!... Pero según afirma el doctor, cuando está en juego la dignidad del ciudadano los intereses de orden material no deben tenerse en cuenta"...

"—Ah, ah!... ¿Y dígamé otra cosa, amigo?... ¿El hombre, el doctor, es rico?"

"—Sabe que no sé, "Tatagüelo", con exactitud, pero creo que sí... Además, ya tiene tiempo sobrado para jubilarse... Fíjese que el padre siendo juez, lo hizo emplear en los Tribunales a una edad muy temprana... se jubila con mil y pico, me parece"...

"—¡Ah, ah!... ¿Y ustedes?"...

"—¡Ah!... Nuestra situación es más difícil, "Tatagüelo"... Algunos están asustados. Fíjese que el que cuenta con más años de servicio soy yo, con siete apenas"...

"—¡Ta güeno!"

"—El Doctor dice que no cree que puede pasarnos nada serio en realidad, pero que si nos pasara, nos conformáramos pensando en que al fin y al cabo somos jóvenes y que los jóvenes deben de sacrificarlo todo a su..."

"—¡Corajudo el alférez!"

"—¿Cómo dijo, "Tatagüelo", no le oí bien?"...

"—¡Nada!... Que me hicistes acordar de un caso que viene como al pelo en la ocasión y que aconteció en los tiempos en que entoavía peliábamos con los indios, con lanza y jusil de ceba... ¡Ah, ah!... Eso es... ¿Nunca te lo conté?... Yo era muy muchacho..."

"—No sé, señor... ¿A ver?"...

"—Güeno. Andábamos una mañana de exploración cuando nos topamos un redepente con una partida de indios que, aunque más muchos que nosotros, se respadamaron como ovejas en cuantito los atropellamos en el plan de un bajo... ¡Ah, ah!... Al alférez que nos mandaba y que era tan tiernito de edá como nuevo en el oficio de peliar con los indios, engolosinao con lo bien que nos había salido la cosa, le relumbraban los ojos de soberbia y no se cansaba de conversar a gritos mientras nos íbamos retirando despacio con rumbo al fortín Lavalle, que quedaba como a unas cinco leguas."

"—¡Vealós, vealós, sargento!... ¡Ya han sujetao y se están riuniendo otra vez allá, los desmadraos, los hijos de perra!"...

Y con unas ganas locas de volver a cargarlos, el mocito levantaba en la boca el gatiao overo que montaba (un flete de mi flor que vino con una tropilla que le quitaron los del 6, al cacique Malacara).

—¡Mi Dios, hijito!... ¡Qué chuzo!... Y pa mejor invernao a grano.

Yo nada le contesté al alférez y seguí nomás al tranquito en mi lobuno "patrio" y medio rabón, pero uno de los soldaos –un tal Agapito Leanes, que era del lao de Tapalquén asigún decía siempre– después de darse güelta para mirar atrás un ratito, se aventuró a largar como a la pasada, pero pa que lo sintiese el alférez:

"—¡Ah, ah!... Ya se están riuniendo otra vez. Algunos bombean de paraos sobre el caballo... ¡Corajudo el alférez!... ¿No?... ¡Qué corrida les pegamos!... ¡Diga que con estos matungos que tenemos!"...

El alférez levantando un brazo, ahí nomás nos pegó el grito:
—"¡Pelotón, alto!"...

Su gatiao overo, que se le alzaba de manos queriendo disparar, hacía parecer más inservibles todavía los pobres sotretas que montábamos...

"—¡Muchachos!... ¡Vamos a hacerles, si se animan, otra dentrada a esos cerdudos!"...

Como animarnos, no nos animábamos pero estoy cierto que en la impinión de todos, aquello era una verdadera temeridá. Fíjese, amigo que los indios se hayaban como a unas vainte cuadras y como siempre mucho mejor montaos que nosotros y ya que la habíamos sacao tan linda, lo prudente era dirse retirando pal lao del fortín, pero "el que manda, manda"... ¿No?... y por lo tanto, yo no tuve más remedio que contestar por todos, medio recogiendo el zoco y abarajando la lanza:

"—¡Como ordene, señor!"...

"—¡Ansí me gusta!" "y el mocito, que no era flojo y que a lo mejor ni cuenta se había dao entoavía de lo que significa la muerte, ahí nomás nos gritó entusiasmao": "¡Pelotón!... ¡Media güelta!... ¡Por cuatro a la derecha!... ¡Al trote!... ¡March!..."

Y marchamos, sí m'hijito; primero al trote y después de galope, nuestro alférez a los gritos y revoliando la espada, y nosotros meta espuela y rebenque con aquellos matungos patrios que a gatas podían con la usamenta...

"—¡A la carga muchachos, y el que sea hombre que me siga!"...

Pero aquello no era carga ni cosa parecida. Una deshilada que encabezaba el alférez distanciado de más de una media cuadra y apeligrando de que lo cortaran sin poderlo ayudar; después yo, un cabo Garabito y por detrás los otros, asigún les daban los montaos. Por suerte, los indios, dende lejos nomás, saltaron a caballo y volvieron a respadamarse por el campo como ladrones de campo barridos por el viento.

"—¡Ah, desmedraos, hijos de una tal por cual!"... –gritó el alférez alzando un brazo y haciendo rayar el flete en una sentada–. "¡Como venaos juyen los maulas!"...

Y en fija, se iba a tirar del caballo al suelo pa que se lo cincharan, cuando todos oímos a uno de los soldaos, que era santiagueño, pegar el grito:

"—¡Véian, véian!"...

¡Ah, ah!... y a mano izquierda y como a unas vainte cuadras de ande nos hayábamos, un grupo nuevo de indios acababa de repechar el médano y se nos venía cuesta abajo y entre la polvareda como ventarrón.

"—¡Ah, desmedraos!"–largó el alférez al devisarlos, y ahi nomás, nos mandó cargar, y ahi nomás cargamos a un galopón de vaca, meta guasca y guasca con los matungos, como si los pobres hubieran sido los enemigos y no los indios y... ¡qué querés que te diga!... Apenas nos entreveramos con ellos, después de haberles descargao el jusil apoyao en la paleta, ya vimos que se nos venía la otra indiada por el flanco, y entonces recién el alférez ordenó la retirada:

"—¡Media güelta, pero no se respadamen!"...

¡Y qué retirada, m'hijito!... Pensá que uno de los que la sacó mejor, fui yo, tu agüelo... A los dos días largos, una descubierta del cuerpo, me hayó desnudito, dejao por muerto entre unas vezcacheras, con dos chuzazos en el pecho y un bolazo en la cabeza...

"—¡Oy!"... "¿Y los otros, sus compañeros, Tatagüelo"?

—Los otros... De los otros, eceto el alférez que pudo zafarse con las mil penas y gracias a su superior caballo, de los otros, no quedó ni uno pa contar el cuento.

"—¡Qué barbaridad!... ¿No?...

"—¡Claro!... y es por eso, que siempre que siento hablar de cargas, lo primero que hago es fijarme en los montaos"...

Los corderos de "La Fanita"

Juanita no puede dormirse. Mientras la brisa otoñal que, como un ladrón nocturno, viene a tocar a intervalos la puerta cerrada de su cuarto, siga trayéndole conjuntamente con los rumores del río, el gran plañir doloroso de aquellos centenares de corderitos hambrientos que separados de las madres claman por ellas, en el potrero cercano, Juanita no podrá dormirse.

Por tres veces ya, la mamá, al advertir que mantiene la luz encendida y suponiéndola engolfada en alguna lectura, le ha dicho desde la alcoba vecina: "—¡Juanita, apaga esa vela y duérmete!"... Pero, Juanita no puede apagar la vela ni dormirse. La preocupa y aflige lo indecible la tragedia de aquellos pobres corderos que lloran de hambre en lo oscuro y que se están muriendo desde hace días en tal forma que la copa de un inmenso espinillo que se alza junto al potrero y sobre el cual arrojan los yertos cuerpecitos, para evitar que los cerdos los devoren y se hagan "mañeros", desaparece ya bajo su extraña blanquizca.

Pero... ¿Qué hacer, Señor?... Su padre le ha dicho bien claro: "—¡Amiga!... No hay pasto en el campo y las ovejas apenas si pueden con sus huecos de flacas. Entre que se mueran las madres o se mueran los hijos conviene más lo segundo y es por eso que he resuelto separarlos y llevar a las ovejas a otro potrero distante y en mejores condiciones en donde quizá se repongan pudiendo comer tranquilas"...

Y Juanita recuerda con disgusto y desaliento, cómo se puso serio de veras su padre, cuando ella (tan famosamente entendida en eso de criar animales pequeños, que ya tiene cansada a toda la familia), se atrevió a insinuarle con diplomacia, la posibilidad y conveniencia de criar algunos de "aquellos pobrecitos corderos, en la casa..." "—¡Ni uno!... Le había repuesto su padre con desusada violencia. "—¡Ni uno!"... Y aun ha añadido mirándola severamente en los ojos: "—Y óigame bien: Que no se le vaya a ocurrir traerme acá a ninguno de esos bichos y, mucho menos, complicármelo a "El Alemán" en sus pamplinas"...

"—¡Qué hacer, Señor; qué hacer!"...

Pero, en vano piensa Juanita, en vano interroga al techo con sus bellos ojos pardos ya cargados de sueño, en vano suspira y mueve la hermosa cabeza adolescente despeinando su cabellera castaña sobre la almohada; ninguna idea aprovechable acude a su cerebro. Por eso, cuando cantan ya los pajaritos en su ventana y la llama de la vela, a punto de extinguirse, aletea rojizos resplandores en el cáliz del viejo candelero de plata, Juanita, completamente dormida, piensa aún, soñando, en aquel tremendo problema de los corderitos hambrientos que se están muriendo...

En medio del trajín de sus ollas y al rudo resplandor de la formidable fogata de ñandubay y de algarrobo que arde en el alto fogón, "El Alemán" Federico, el viejo cocinero de la Estancia, con la cara tiznada, la rubia cabellera revuelta y sus claros ojos de expresión alocada, parece como siempre un demonio... Federico, que es un cocinero excelente (se afirma que allá en su tierra lo fue de un gran príncipe), no tiene sino tres defectos: Ser un tanto aficionado al alcohol, un poco rezongón y otro poco chismoso... Aparte de eso, Federico, es un hombre honestísimo, bien educado y manejable. La mejor prueba de ello está en la confianza que sus patrones le dispensan y en la colaboración que le toca casi siempre, en las caritativas obras de Juanita –de "La Fanita"– como él dice en su lenguaje enrevesado.

Federico rezonga siempre, pero concluye por hacer siempre también, lo que la niña quiere, aunque después, si la ocasión se presenta, no deje de traicionarla. Así, por ejemplo, dice Juanita entrando en la cocina: "—¿Ha visto Federico, el gato montés que mataron los perros?"... Y, Federico, sin responderle golpea primero el borde de la olla con el mango de la espumadera y luego mira a la chica torvamente... Juanita ríe e insiste: "—Sí, Federico, y en cuanto tenga un momentito desocupado, le va a sacar el cuero... ¿no?..."

Federico, como horrorizado, deniega entonces con grandes aspavientos:

"—¡Ah, no "La Fanita!"... ¡Iá safe qui patón si enoja!... ¡Ah, no, no, "La Fanita!"...

Pero, al cabo y como siempre acaba por ceder Federico, y por ir a sacar aquel cuero de gato montés, con tanto celo y diligencia, como pondrá sin duda, para decir al patrón si acaso lo sorprende en el trivial empeño y hasta sin que éste le pregunte nada, que "La Fanita" lo mandó... —Sí, sí "La Fanita"...

Pero allí, ante el fuego y ante sus ollas, Federico, se ennoblece, Federico se agrande, Federico se torna arrogante, como si el calor de las llamas, hiciera hervir en sus venas el legítimo orgullo de haber vertido otrora sus guisos en las áureas y blasonadas piezas de la vajilla de un príncipe.

No es de extrañar pues, que para combatir los efectos de esas emociones intensas que el gran fuego provoca en su sensibilidad Federico recurra con frecuencia al auxilio de cierta botella, que tiene siempre al alcance de la mano, cuidadosamente oculta debajo del fogón, entre la leña...

Con sólo un par de tragos del contenido de esa botella ya puede Federico, volver a pensar otro rato, y sin emocionarse exageradamente, en su pasado glorioso y en su porvenir sombrío...

Y por tercera vez, acaba de recurrir Federico a la vieja compañera de sus alegrías y de sus penas, cuando el ruido de la ventanita de la cocina que da al campo, bruscamente abierta desde afuera, le hace volverse, con sobresalto y con ceño:

—¿Qué? ¿Qué quere? ¡Ah! "La Fanita"... ¿Qué quere "La Fanita"?... ya safé que el patrón se enoja...

Y mientras habla, Federico lleno de previsión y desconfianza se apresura a alejar de la vecindad de la ventana una fuente de dorados pasteles que está sobre la mesa...

Pero Juanita lo tranquiliza sobre sus intenciones, con un leve mohín despectivo de su bella boca encarnada.

—No, ¡Federico, no! Escuche...

Y en tanto que en medio de la cocina y con la fuente de los pasteles en las manos, Federico, parece dispuesto todavía, a gritar a través del patio y al primer amago:

—¡Señora, mira "La Fanita"!, la niña pregunta muy seria y bajando mucho la voz: —¡La leche! ¿Dónde está el tacho con la leche de la mañana, Federico?

—Acá está... ¿Qué fa a hacé "Fanita"?...

Ella sonríe, maliciosa y burlona: —¡Nada! Yo fa a hacé una cosa mu puena, Federico... ¡Alcánceme el tacho!...

—Mira "Fanita", que el patrón se enoja...

—¡No!... ¡Si usted no lo dice, no!

—Yo no dice nada... "Fanita"...

—Ya sé... Alcánceme el tacho... pronto...

—¡Pode! ¿"Fanita"?

—Sí, puedo. Suelte, no más.

Y mientras desde la ventana, los claros ojos de loco de Federico la siguen curiosamente, la niña, con su gran sombrero de paja derribado a la espalda y su vestido rosa que parece blanco en lo oscuro, se aleja a toda prisa, echando hacia atrás cuanto puede, el busto grácil y la despeinada cabecita, a fin de contrarrestar el peso del recipiente enorme que apoya sobre el muslo. Del lado de los potreros se empieza a levantar la luna.

Juanita ha depositado por fin su carga en tierra y los corderitos balando dolorosamente comienzan a rodearla. Hay muchísimos; los hay por todas partes, ya en grupos, ya solitarios, ya de pie, ya echados, ya tendidos a lo largo del cerco terrible buscando un reparo.

Juanita con el corazón oprimido se arrodilla ante el gran tacho y atrae a los más cercanos...

—¡Vengan! Pobres, ¡vengan!

Al principio los corderos no pueden beber, no saben, pero Juanita, pronto les enseña, haciendo titilar a flor del líquido y ante los hociquillos ansiosos e ignorantes, aquel dedito suyo que parece un pétalo de rosa caído en la leche...

Y beben los corderos... y se apiñan y se apretujan; moviendo sus rabitos y balando frenéticos en torno de la niña que arrodillada, bajo la luz de la luna, parece un ángel y en torno de aquel gran recipiente que por la blancura de su contenido parece otra luna que hubiesen puesto en el suelo...

Después, Juanita comienza a desesperarse. Tan sólo queda ya en el fondo del tacho un dedo de leche negruzca y sin embargo, los corderos hambrientos siguen llorando, siguen llegando de todas partes... ¡Ah! Juanita comprende que tenía razón su padre:

—"Ni la leche de cien vacas alcanzaría para alimentar tantos corderos".

Cuando Juanita ve que el tacho está completamente vacío, alzándolo sobre su cabeza lo enseña a los corderos, como si pudieran comprenderla:

—¡No ven pobrecitos! ¡ya no hay nada!

Pero ellos que no entienden más que de su instinto y de su hambre, continúan balando quejumbrosos en torno suyo y cuando la niña, llena de tristeza, se dirige por fin hacia el cerco, para trasponerlo y volver "a las casas", todos la siguen atropelladamente, interceptándole el paso y metiéndose entre sus piernas...

Juanita con ganas de llorar y sin valor para mirarlos, salva con su habitual destreza, el cerco del potrero y casi arrastrando el tacho vacío camina ya con desgano hacia la casa, cuando un espectáculo inesperado la llena de sorpresa y de espanto...

La niña camina, rodeada de corderos, los corderos la siguen, se salen de su encierro, se están saliendo a chorros, en blancos chorros de nieve, de jazmines, por todos los agujeros, por todos los huecos de la empalizada primitiva, y corren galopando hacia ella en medio de un sonoro concierto de balidos...

—¡"Ni uno"!, le previno su padre con enojo.

Juanita horrorizada trata de contenerlos, de espantarlos, de hacerlos volver atrás, pero los corderos lejos de asustarse, la rodean, se aprietan contra ella, le muerden las faldas con sus boquitas color rosa, le dan de topetazos en las piernas...

La niña al fin tiene una idea. Entrará de nuevo en el potrero para que todos vuelvan a entrar con ella.

Y abandonando en el suelo su gran tacho vacío, Juanita torna a transponer la empalizada, que como lo ha calculado bien, no tarda en reunir tras ella y por sus mil agujeros aquel desbordamiento, aquella inundación blanca vocinglera...

Pero el triunfo de la niña dura muy poco. Tan pronto como Juanita intenta abandonar el potrero, sus perseguidores lo advierten y la siguen. Si corre, buscando su salvación en la fuga, ellos corren tras ella más veloces, si se detiene, vuelven a rodearla en masa, a tironearle el vestido y darla trompicones.

Por último, Juanita no sabe ya qué hacer. Le parece estar soñando, le parece que aquel mar de corderos que la envuelve se agranda incesantemente, que todos los corderos del mundo están en contra suya, y que hasta aquellos que yacen bajo la luna y cubren la inmensa copa del espinillo de una fantástica floración de plata, no tardarán en saltar al suelo, para allegarse corriendo...

Y Juanita, ofuscada, acobardada, llora...

—¡Federico!

Llama la señora desde el corredor.

Pero Federico no oye porque en ese momento está inclinado debajo del fogón guardando su botella.

—¡Federico! ¡Federico! –repite la señora con voz alterada...

La silueta de Federico se recorta entonces sobre el cuadro de luz de la puerta de la cocina.

—¿Señora?

—¿Dónde está Juanita, Federico?

Federico levanta un brazo en un amplio movimiento cuyo significado él solo entiende.

—¡Ah! "La Fanita". ¡Ah! ¡"La Fanita"!

la señora se impacienta.

—Sí: ¿dónde está, hombre? ¿No la ha visto?

Entonces Federico, haciendo portavoz con las manos, se apresura a informar con todo el misterio que cabe a través de una distancia tan larga:

—¿"La Fanita"?, ¡potedo, señoda; sí, sí liefa todo leche, potedo! ¡"La Fanita", sí, sí!

—¡Ah! ¡Bueno, bueno! ¡Qué chica, qué chica!

Y la madre riéndose y meneando la cabeza va a entrar de nuevo en el comedor, cuando el padre que llega la detiene:

—¿Qué, hija?

—¡Nada! —¿Querrás creer...?

Pero, de pronto se interrumpe:

—¿Y eso? ¡Dios mío!

Con aire contrito, arrastrando su enorme tacho vacío y rodeada por un centenar de corderos que se apretujan contra ella y balan desesperadamente, Juanita acaba de surgir de la sombra y avanza a través del patio bañado por la luna...

...Y sus padres, al contemplarla, no saben si reír o llorar de ternura ante aquella visión de maravilla.

TENGO MI MORO

TENGO MI MORO...

I

Acaba de entrarse el sol, cuando aquel hombre solitario que desde hace tantas horas, camina agobiado y claudicante, como una hormiga cargada y maltrecha por el centro mismo del círculo inmenso que forma el horizonte en torno suyo, se decide por fin, y deja caer en tierra su recado.

Es un hermoso ejemplar de gaucho, alto, esbelto, con barba rala y grandes ojos renegridos cuya belleza no alcanza a destruir esa torva expresión de desconfianza salvaje que tienen cuando miran.

El hombre se quita el sombrero, se pasa lentamente un pañuelo por la cara sudorosa y polvorienta y después de pasear una ojeada por todo el horizonte, se baja muy despacio y se sienta sobre el recado, con aire de desaliento y de cansancio.

Tres días hace ya que marcha así, a pie y con el recado a cuestas al través del campo infinito e inhospitalario sintiendo aún al borde de los bravíos ojos el calor de la lágrima con que hundió su cuchillo en el pecho de su famoso picazo "Lucero", para no dejarlo solo y penando, con una mano rota, allá, quince leguas más abajo, en donde tuvo la mala estrella de "pegar" la rodada más fiera y más zonza de su vida.

Una hermosa mañana de otoño, veinticinco leguas de las cien que representaba el total de su largo viaje, andadas ya, en tres felices jornadas, el picazo con su eterno y elegante escarceo galopando largo, por aquel campo ralo moteado de cuando en cuando de punas secas y él, con la cara vuelta hacia el rumbo del sol, empeñado en saber si era humo de indios o polvareda de animales que veía alzarse desde hacía rato allá a su izquierda, y en dirección al cerro de "El Águila", cuya masa se asomaba del horizonte como el lomo azulado de una tormenta lejana, cuando

"¡zas!" de la manera más brutal e inesperada, el caballo se le hizo un ovillo... dejándole apenas tiempo para saltar y salir corriendo, "a los trompezones por el campo".

Al principio creyó que no fuera nada, pero cuando vio levantarse al picazo gritando de dolor como un cerdo y agitando cual un badajo pendiente por los tendones aquella mano ensangrentada cuya horrible herida dejaba ver, blanquísima, la sección completa de la caña, el hombre había sentido encogérsele el corazón de angustia y martillarle la sangre en las arterias al abarcar con un relámpago del pensamiento toda la gravedad de la situación que se le creaba. Solo y a pie, solo y a pie en la inmensidad del campo desierto, y a cuarenta leguas del punto de su destino, y a otras tantas de todo auxilio humano, a cualquiera de los cuatro rumbos del horizonte.

Sin embargo y después de mirar otra vez la herida incurable, resignada y delicadamente se había puesto a desensillar el caballo.

—¡Chist! ¡Cazo! ¡Cazo!

Y aunque la tarea no le resulta fácil, porque el animal aunque manso, se había apotrado con el dolor, poco a poco, con paciencia y con maña, consiguió quitar una por una todas las piezas del apero y aun desenfrenar al pobre bruto que parecía pedirle auxilio con la expresión de sus grandes ojos empañados de angustia.

Cuando el picazo quedó por fin sin más prenda que el bozal y el cabestro, el hombre, que al principio había pensado dejar al caballo allí, abandonado a su suerte, cambió de parecer.

La herida insanable, la odisea del pobre caballo sediento y en tres patas en procura de un agua que no hallaría nunca, los leones, los caranchos, toda esa fauna brava de los campos bárbaros; y fue entonces que después de enjugar una lágrima, con el revés de su mano curtida, bajó los ojos, sacó su cuchillo, y tomando al caballo del fiador, le dirigió conmovido aquella frase inaudita:

—¡Amigo, encomendáte a Dios!

Y después, mientras el picazo arrojando un caño de sangre por el sitio aquel en donde penetró la puñalada como un relámpago, se boleaba de lomo y caía sobre el pasto resollando estertorosamente y coceando a la Muerte, el hombre, que conservaba aún el cabestro en la mano y que se había puesto muy pálido volvió la cara para mirar hacia otro lado, para mirar con sus torvos ojos hurones de fiera acorralada, primero hacia el poniente, rojo como aquella sangre que manchaba las punas y después hacia el naciente, de un lila ya casi azul de sombrío, de un lila azul inquietante y trágico como la incertidumbre de su destino...

Después, cuando el picazo se quedó inmóvil, como una cosa, y el cefirillo vesperal comenzó a rizarle a contrapelo la felpa de su piel retinta, el hombre no quiso, no pudo quedarse allí más y liando su pesadísimo recado lo cargó sobre el hombro con esfuerzo y se puso a caminar hacia la noche...

Y es por eso que a la sazón y después de haber hecho en tres días y tres noches interminables, quince leguas apenas, el gaucho despiado y deshecho piensa con inquietud y desaliento mientras descansa sobre su apero que aún le faltan veinticinco...

El quinto día de su larga y dolorosa odisea. La noche anterior apenas si comió un piche flaco que alcanzó, a fuerza de piernas y a pesar de los dolores que sufre al andar por causa de las desolladuras que tiene en los pies a los que las botas de potro gastadas al último extremo no le protegen ya en lo más mínimo.

Por eso y aunque hace más de una hora que amaneció y la mañana se presenta alegre y magnífica, el gaucho no se siente aún con ánimos para levantarse y sigue allá inmóvil, tendido de espaldas sobre la cama de su recado, junto con las cenizas yertas del fogoncito que encendió las vísperas y a pocos pasos del pozo aquel que cavó con su cuchillo para obtener un poco de agua...

"¡Cha, que le duelen los pieces y todita la usamenta!"

Y sin embargo tendrá que volver a caminar cuanto pueda bajo aquel peso abrumador del apero y mirando, mirando siempre a todos lados para lograr su comida del día, esa comida que podrá ser un peludo, o una mulita o alguna martineta, pero para lo cual hay que esperar horas y horas a veces, apartarse del rumbo o dar de pronto una carrera penosísima, para quien como él se siente tan cansado, debilitado y dolorido...

"¡Ah, ah!" Y pa esto le había dicho a Don Eduardo con tanta soberbia, cuando le encomendó el encargue de aquel viaje: "¡Pierda cuidao patrón, que he de dir y volver, si Dios me ayuda!"

Y al pensar en esto, el gaucho disgustado va a cambiar bruscamente de postura cuando oye algo que instantáneamente le inmoviliza y aplasta sobre su cama como un gato montés o cualquier otra felina y salvaje alimaña sobre los pastos, hasta que a poco comienza a girar la cabeza con la misma lentitud, solapada e inquietante, de una víbora que se ha dormido al sol y se dispone a seguir su camino.

Y cuando ha terminado su evolución y puede mirar por fin hacia el campo, al ras de los pastos, el espectáculo que inesperadamente se ofrece a sus ojos, hace cerrar los párpados al gaucho, contraer sus músculos faciales como si experimentase un sufrimiento:

Allí, a su espalda, a un par de cuadras y desplegada en media luna sobre el tapiz inmenso del bañado, una manada enorme de baguales avanza hacia él curiosa y cautelosamente.

Magnífico espectáculo de gracia, de fuerza y de armonía, el de aquel conjunto polícromo de fogosos animales, para cualquier espectador, enloquecedora promesa de esperanza para aquel gran jinete atávico que, desmontado por la desgracia y abrumado por la gravitación de su apero, marcha a pie como marcha un colla, desde hace tantos días...

"¡Ah! ¡Si él pudiera, caray!"

Y al pensar esto los negros y torvos ojos del gaucho adquieren la misma expresión de perversa y fiera malicia que hay en los ojos del puma al acecho de un guanaco cachorro que viaja extraviado entre las pajas.

La inmensa yeguada en cuyo pelaje predominan el lobuno y el moro, con escasas manchas de blanco oscuro y de bayo, sigue entretando avanzando y cerrando sus alas como para rodear aquella extraña cosa que es el gaucho tendido en el pasto, desentrañar aquel misterio que atrae y que da miedo.

Los más atrevidos son los potrillos.

Inquietos, temblorosos, con el hocico al viento y muy erguidas las finas orejitas, forman como cortinas de avanzada, pero al menor incidente, al menor ruido, vuelven grupas y se disparan hacia el horizonte como saetas provocando la huída instantánea de toda la tropa de animales que por espacio de algunos segundos llena el campo con el tabletear de trueno de sus patas.

Pero esas huídas no duran mucho. A las dos o tres cuadras no más y entre relinchos, corcovos y vigorosas patadas al espacio, los baguales se van deteniendo poco a poco, hasta que al cabo la enorme masa gris que forman sobre el verde del bañado vuelve a desplegarse en ala y avanza de nuevo hacia el gaucho, siempre lentamente, precedida por aquella cortina de juguetones potrillos, que trotan nerviosa y airosamente husmeando el viento.

Mientras tanto el hombre, siempre inmóvil como una cosa, transpira y tiembla de miedo sobre su lecho campero. Sus negros ojos bravíos y llenos de experiencia han recorrido ya cien veces y de extremo a extremo toda la línea de la yeguada: una cantidad de machos en el concurso, entre ellos uno oscuro que parece de terciopelo y que atrae poderosamente la atención por su magnífica estampa; hay un lobuno que no parece malo, hay un entrepelao también pero hay sobre todo un moro, aquel gran moro porrudo y fuerte de manos que desde el primer momento, y sin que sepa decir por qué, le ha dado la impresión de no ser tan bagual como los otros a pesar de la cola larguísima, de sus crines hasta las paletas, y de aquel copete enorme que, empastado de abrojos y carretilla, le cubre la cara casi por completo.

El gaucho lo mira como si quisiera hipnotizarlo y cuanto más lo mira, más le parece que aquel animal tiene, a pesar de su aspecto cimarrón, una vaga apariencia de domesticidad, un sello rojo que lo hace distinguir de los otros, como se distinguiría a un cristiano hecho pampa en medio de los indios. Para él –"quizás se etivoque"– pero para él ese animal debe haber sido ensillado alguna vez... alguna vez nomás...

Y así transcurre largo tiempo. Conocida es la paciencia del yeguarizo salvaje para eso de pasarse las horas curioseando una cosa que llama su atención en la soledad de los campos. Se acerca lentamente, se asusta, dispara, torna a volverse y a acercarse aún más que antes, engolosinado por la impunidad de su atrevimiento, pero, sin traspasar casi nunca cierto límite extremo que le señala en cada caso su instintiva prudencia. Para que ello ocurriese, es necesario que la cosa o fenómeno que provoca su salvaje curiosidad adquiera nuevas formas o variaciones inquietantes, formas o variaciones que aumenten su poder de atracción. Por eso es que el gaucho, que sabe esto y que recuerda que "asigún dicen" los tigres en acecho suelen levantar la cola y agitarla en alto como una extraña sierpe para conseguir que los potrillos se pongan a tiro de su salto, no tarda en echar mano a un procedimiento semejante. Siempre tendido en su apero y siempre fijos los ojos en su objetivo, el hombre levanta una pierna.

Instantáneamente, un estremecimiento nervioso y un coro de bufidos y de atiplados relinchos recorren de extremo a extremo la manada detenida en observación a una distancia de ochenta metros. Los baguales han advertido la novedad y sentido excitarse poderosamente su nerviosidad y atrevimiento. Así, tan pronto como el gaucho baja la pierna inician su avance las primeras filas, muy altas todas las cabezas para ver mejor, vueltas hacia el peligro todas las orejas y en medio de un silencio que resulta imponente, la distancia poco a poco se va acortando...

Setenta, sesenta, cincuenta metros, hasta que de pronto el relincho agudo, furioso de un padrillo y el sordo estruendo que producen sus cascos al batanear el costillar de algún otro, provoca, cuando menos se espera, la más uniforme y brutal disparada...

Vuela en nubes el polvo blanquizco del bañado, salta la tierra arrancada por el filo de los vasos, el campo tiembla todo al vertiginoso redoblar de las patas y... al cabo de unos segundos toda aquella enorme masa oscura que parecía lanzada definitivamente como un bólido sobre el claro horizonte mañanero, se detiene de pronto, se detiene y se arremolina tan absurda e inesperadamente, como se echó poco antes a la fuga, y en medio del mismo atroz desconcierto de relinchos, de coces, de alaridos, de estornudos y de patadas brutales sobre la relumbrante oquedad de los flancos.

Y el gaucho que lo esperaba, vuelve a repetir sus lentas maniobras con la paciencia de la fiera famélica, que sabe muy bien que no comerá si no la tiene.

Y pasan y pasan minutos largos como siglos hasta que la manada, atraída nuevamente por aquel extraño bulto que hay en el suelo y más que todo por aquello que a intervalos casi regulares se levanta, se abate y que es la pierna diestra del gaucho, vuelve a avanzar entre sordos resoplidos, bruscas paradas y amenazantes conatos de fuga, hasta el límite máximo que alcanzó antes, es decir los cincuenta metros, donde se inmoviliza poco a poco y en donde se queda parada después por largo rato, demostrando a las claras que la monotonía del espectáculo ha hecho decrecer la curiosidad general. Tanto es así que algunas yeguas panzonas, dando el flanco al peligro, comienzan ya en su tranquilidad a ramonear despreocupadamente el verde césped del bañado.

El gaucho comprende entonces que aún tiene que inventar algo nuevo, algo más espectacular, que no espante a las bestias pero que vuelva a excitar en ellas una nueva curiosidad que las acerque.

Y entonces, con esos sus movimientos lentísimos de víbora que se desenvuelve a las caricias del sol, el hombre toma su gran sombrero negro medio descolorido por la intemperie y haciéndose un ovillo lo coloca al extremo del pie derecho y después, siempre muy suave y pausadamente, levanta otra vez la pierna y así, rematada por el sombrero, la muestra a la curiosidad de los baguales.

Y el efecto es instantáneo. En medio de una descarga de salvajes resoplidos, toda la masa de animales, estremecida de temblores y con los cuellos verticales como estacas, comienza a avanzar casi al trote hacia aquel espanto de cosa que la atrae como un vértigo.

Y el gaucho, que traspira de angustia y que siente el latir acelerado de su corazón porque sabe que llega el momento supremo, sigue haciendo oscilar en alto lentamente su pierna tocada por el sombrero, tuerce el brazo izquierdo y busca y encuentra las cabezadas del basto que tiene bajo la cabeza y casi sin respirar, se pone a desatar las boleadoras con un movimiento de dedos tan solapado que recuerda el de las patas de una araña envolviendo su presa...

¡Qué largo y difícil le resulta aquello! Tiene que desatar los dos tientos que están ajustados como nunca; tiene que pasar las boleadoras a la mano derecha, que desenvolver el largo ramal de la bola manijera, que según es de práctica está cubriendo los varios dobleces de los otros dos, a la manera de una empatilladura, tiene que desplegar el todo sobre el suelo, armar los rollos; tiene en fin, que hacer todo eso sin dejarse traicionar por la menor brusquedad de movimiento, sin dejar de mover pausadamente en alto aquella pierna que se le cansa en razón de la violencia de la postura...

Y mientras hace aquello, sin mirar a los baguales para no aumentar su emoción, éstos, que han entrado ya dentro del radio de un largo tiro de bolas, unos cuarenta metros, avanzan en silencio pasmada y cautelosamente, oliendo la tierra, los flancos temblorosos y los tendones contraídos y listos para dispararse como resortes...

Cuando termina su maniobra el gaucho y mira por fin, algunos de los animales se han acercado tanto ya, que el hombre tiene que hacer un verdadero esfuerzo para dominar la emoción que le invade y sobre todo aquel temblor que, convulsivo, sacude su pierna levantada y hace danzar imprudentemente el sombrero. El gran moro clinudo está allí, un poco a la derecha, a unos veinte metros escasos y con la cara medio cubierta por el frondoso y porrudo copete, se rasca una mano con los dientes, produciendo un áspero ruido de escofina.

El gaucho, con la vista fija en el animal y abierta la boca para contrarrestar, sin duda, los efectos de la taquicardia que siente, comienza a recoger con un blando y lento movimiento su pierna izquierda, hasta poner el talón junto a la nalga y apoyar la planta del pie sobre el recado. La expresión de sus ojos no tiene ya nada de humana. Es la expresión atroz, hipnotizante, de los ojos del tigre, de los ojos del gato montés, de los ojos de cualquier fiera o alimaña sanguinaria que se dispone a caer sobre su presa.

Sin embargo, y en bárbaro contraste, sus labios trémulos en un murmullo apenas perceptible dicen: "Padre nuestro que estás en los cié...".

E instantáneamente, de un salto y como si se hubiese apoyado en aquel acento que puso en la sílaba de la palabra inconclusa, el gaucho hace girar por dos veces las boleadoras sobre su cabeza y con un vigoroso esfuerzo las arroja silbantes sobre las patas del moro, en el segundo mismo en que presenta la grupa.

El tiro ha sido magnífico, magistral. Allí, a retaguardia de la disparada salvaje, que hace retumbar el campo y que se vela entre caudales de polvo amarillentos, el bagual maneado en el pique por las boleadoras, se ha quedado solo y cocea hacia lo alto, relinchando con un relincho agudo de potrillo, en tanto que los golpes de las bolas de piedra retobada hacen sonar a hueco sus canillas...

El gaucho al ver aquello, después de esbozar un ademán de loca alegría, corre rengueando hacia el apero, y después de desatar el lazo de los bastos vuelve con éste a toda prisa, y cae aprisionando el cuello del cautivo; después la larga trenza del lazo, hábilmente manejada por el gaucho que corretea dando vueltas en torno de su presa toma las cuatro patas del bagual y las traba y las acerca y las ciñe, de tal manera que tras un último y desesperado bote, aquél se derrumba estruendosamente sobre el suelo en donde queda inmóvil, pero sacudidos los flancos por su poderoso alentar de fuelle, que levanta nubecillas de polvo adelante de sus narices.

El gaucho se queda un instante mirándolo arrobado.

Ya no siente ni cansancio, ni hambre, ni dolor, ni malestar alguno. Todo lo contrario. Una oleada de felicidad pasa sobre su corazón y sobre sus sentidos, aflojando la tensión de sus nervios y disipando, como el soplo de un viento de primavera, toda la "cerrazón" de su espíritu.

Y el hombre enternecido y conmovido siente entonces una sensación de gratitud tan honda y tan sincera, que sus ojos bravíos se le llenan de lágrimas y que después de echar en torno una ojeada de desconfianza, se arrodilla un momento entre los pastos y, ante el bagual tendido en el suelo, se persigna y dice rápidamente lo único que recuerda de aquella larga oración "tan difícil" que le enseñaba su "mama", cuando chico: "Padre nuestro que estás en los cielos"...

Después, de pie ya, y mientras la enorme porra del moro corta con el cuchillo para poder ponerle el bozal, el mozo sonríe con un vago dejo de orgullo en los labios, no sólo porque se siente el gaucho más gaucho y más feliz de la tierra sino porque acaba de ver, allí, en el lomo del animal, las manchitas características de una vieja basteadura, las manchitas que le confirman rotundamente lo que sospechó "enseguidita": "el moro ese debe de haber sido, alguna vez, ensillao"...

II

El hombre rotoso, melenudo y polvoriento está solo tomando mate, en la cocina de aquella gran estancia a la que acaba de llegar hace una hora, cuando el patrón, advertido de su presencia, viene a interrogarlo.

Es un mocetón de nariz aquilina, de ojos imperiosos y de rubias y cuidadas patillas. Llega con la cabeza descubierta, pero trae un fino rebenquillo con cabo de plata colgado de la muñeca.

—¡Buen día! ¿Quién sos vos?

El gaucho se incorpora lentamente y esboza un zurdo saludo con su sombrero.

—¡Y!... Yo soy Lobos, Facundo Lobos...

—¡Ah, ah!... ¿Y de dónde venís?

—De San Carlos vengo...

—¡Ah, ah! ¿Hallastes indios?

—No, señor, no...

—¡Está bueno!

Y mientras el gaucho le mira con ojos entre desconfiados y curiosos, el patrón piensa un momento con la vista baja y luego vuelve a interrogarle bruscamente:

—¡Bueno! ¿Y qué andás queriendo, vos?

—Yo, nada... Traigo una carta pa usté que le manda don Marcelino...

—¿Don Marcelino qué?

—¿Y? Aguirre...

El patrón se alboroza:

—¡Ah! Marcelino Aguirre, che: ¡A ver, dame!

El gaucho, con lentos movimientos de caracol, extrae la car-

ta de su tirador y la presenta, el sobre amarillento doblado en cuatro dobleces.
—Aquí está.
—¡A ver!
Pero apenas el patrón ha roto el sobre, paseado los ojos sobre la breve misiva, cuando exclama riendo:
—¡Ay! ¡Caray! ¡Cómo siento! Mirá: Decile a tu patrón, que siento mucho que se haya incomodado de balde... Que ya supe hace meses que mi cuñao andaba por Patagones...
—¡Ah, ah!
—¿Comprendés? ¿Te acordarás?
—¡Ah, ah!
El patrón, con la cabeza baja y sonriendo como quien recuerda alguna cosa amable, da algunos pasos inciertos por la cocina, castigándose las botas con la azotera de su rebenquillo y por último se detiene delante del gaucho y le pregunta mirándole de hito en hito:
—¿Y, cuándo pensás pegar la vuelta?
—¿Y? Dentro de unos días...
—¡Traes tropilla?
—No, señor.
—¿Y cómo viniste?
—¿Y? En el montao, nomás... Traigo un moro.
—Sí, ya lo vi. ¡Regularón!... ¿Si querés te lo cambio o te lo compro?
—¡Ah! ¡No señor! Me dispensa...
El patrón se ríe y dice dando un lonjazo en el suelo:
—No. Te digo nomás... –Y concluye después de haber pensado un instante, levemente contraído el entrecejo–:
¡Bueno! Que te vaya bien. Recuerdos a tu patrón y si necesitás algo para irte, caballos o cualquier cosa decile nomás al capataz...
—Tengo mi moro...
—Ya sé, ya sé, hijo, pero por si acaso... ¡Adiós, que te vaya bien!

—¡Ah, ah! ¡Adiós!

Cuando el patrón se ha ido, el gaucho se queda un momento inmóvil y como absorto en la contemplación del piso de tierra de la cocina y después vuelve a ocupar su banco y se aplica a la amable tarea de cambiar la cebadura del mate...

"El nene"

I

Descalza, la pollerita a media pierna y al aire el matorral salvaje de su leonada pelambrera, Santina va y viene por el estrecho patio del rancho y casi al borde mismo de la barranca, tratando de hacer dormir al nene de sus patrones.

"La siniora", que está lavando allá abajo en la playa, y cuyos vigorosos golpes de paleta devuelve multiplicados el eco de la isla de enfrente, se lo ha dicho bien claro:

—Insiguida que duerme lo nene me ne pela la papa ¿no? e meté la ocha inta fuoco.

Y la pobre Santina, que todavía tiene el cuero cabelludo dolorido en diversos sitios, a consecuencia de los tirones que sufriera la víspera por haber interpretado mal cierta orden, no desea en manera alguna equivocarse.

—Primero, hay que dormir al nene, después pelar las papas... primero hay que dormir al nene, después pelar las papas...

Pero el nene no se duerme. No sabe Santina lo que le pasa a aquel diantre aquella mañana, pero la cuestión es que no quiere dormirse.

En vano lo ha paseado, lo ha mecido, lo ha besado y hasta sacudido furiosamente.

El nene con su cara sucia y su casquete de caspa, sigue tan despierto como un ratón, y mirándolo todo con sus ojos azules pitañosos.

¡Ah! Santina no le tiene rabia al nene, pero a veces si no fuera pecado, ¡palabra! que quisiera que se muriera.

El nene constituye hoy por hoy el único obstáculo que le impide ser completamente feliz.

En aquella casa se come mucho mejor que en la suya y además allí no hay que tejer canastos todo el santo día... Pero el nene es una cosa tremenda... Primero que pesa una barbaridad, que le deja los brazos y la cintura muertos y después que la fastidia y la aburre porque no le deja un momento libre ni de día ni de noche y porque con semejante carga encima, no se puede ni jugar ni hacer nada...

Su mama dijo cuando la conchabó con la señora, que ella, a los nueve años ya estaba cansada de cargar a sus hermanitos, pero a ella le parece que los hermanitos de su mama no deberían pesar como este nene de sus patrones...

¿Ah, ah? Por qué entonces cuando "el señor" viene y le alza un momentito dice enseguida nomás:

—Toma, muchacha, toma; que cuesto chocolino ne pesa propiamente como uno diavolo...

¿Ah, ah? y con esos brazos que tiene "el Señor" de remar en el lanchón...

Y pensando en que si no fuera por aquella porquería de nene que no quiere dormirse, ella ya podría haber pelado las papas, puesto la olla al fuego, hasta hecho una escapadita a la playa desde donde le llega el alegre griterío de los otros chicos de la casa que están jugando, Santina se aventura por el despeñadero de greda rojiza de la barranca, toda salpicada de esas toscas blancas y redondas que tanto se parecen a la cabeza del nene y entre las cuales algunos pobres ceibos raquíticos pugnan por afianzarse.

¡Qué linda es la barranca para jugar, para bajarla y treparla a saltos, pero sola, sin aquel peso abrumador del nene, sola y libre como una oveja o como una cabra!

Y Santina, después de echar de reojo una mirada de encono a la carita sucia del nene, cambia a éste bruscamente de brazo y se aparta con la mano libre los cabellos que le caen sobre los ojos.

Es que acaba de ver allí, del otro lado de una de esas profundas grietas que abren las aguas pluviales en la barranca, una flor de ceibo, que se balancea airosamente al borde del precipicio...

Santina no necesita para nada aquella flor, más aún, está harta de ver flores de ceibo, pero sin embargo siente tal comezón de alcanzarla, que enseguida se aplica a ello con todos sus sentidos...

Pero la empresa es más difícil que lo que a ella le parecía en un principio. A pesar de haber puesto al nene como un paquete bajo su brazo izquierdo y de tener su pie derecho tan al borde de la grieta que siente bajo su planta la tierra desmoronarse, Santina no alcanza a arrancar la flor de ceibo, apenas si logra tocarla en ciertos momentos, con el extremo de su pequeño y ávido índice:

—¡Grandísima guacha!...

Pero en ese mismo instante le parece a Santina que el mundo se hunde bajo sus pies, y que el universo entero se derrumba sobre su cabeza...

Y es que el borde de la grieta ha cedido de pronto y la niña con su carga en brazos rueda por el fondo en pendiente del precipicio, entre un turbión de cascotes.

Pero Santina no da ni un grito y apenas deja de rodar, cuando ya está otra vez de pie, cubierta de tierra, es cierto, como una comadreja revolcada por los perros, pero sonriendo hacia lo alto con más curiosidad que aturdimiento.

Mas enseguida se acuerda del nene; y al buscarle con los ojos ve que está allí muy cerca boca abajo y medio sepultado entre los terrones del derrumbamiento.

Después, Santina siente como un vértigo de locura.

En vano lo besa y lo sacude; el nene sigue con los ojos cerrados, blando como un trapo y la boquita abierta como esos cuises que se ahogan en el río... El nene está muerto, sin duda alguna...

—¿Y ahora la señora?

Y en su aturdimiento, o mejor dicho en la exacerbación de su crónico espanto de bestiecilla acobardada, Santina, que no mira aquella desgracia sino como un gran daño material infligido al interés de sus patrones, sólo se preocupa de eludir cuanto antes y en cualquier forma el tremendo castigo.

Lo único que se le ocurre al efecto es lo más primitivo pero quizás en realidad lo más práctico: huir, ocultarse y desaparecer a los ojos de la fuerza encolerizada y vengativa, como hacen los pobres animales del monte, heridos y acorralados por los perros...

En el primer momento, tanto le empuja por la espalda esa mano del instinto, que ya se dispone a abandonar al nene allí, nomás, en el suelo entre las piedras, como si fuera uno de esos sábalos podridos que arrojan sobre la playa las crecientes; pero después, Santina reacciona y adusta y avizora, echa barranca arriba con su carga... Y cuando atraviesa el patio apresurada y escondiéndose como una ladrona para ir a depositar al nene en su cunita, le parece que fueran los pasos de un gigante que la persigue, aquellos grandes y acompasados golpes con que la señora está lavando en el río...

Santina está oculta en un gran matorral de carrizo y de zarzaparrilla que cae sobre la playa, unas cinco cuadras más abajo del sitio en que se encuentra el rancho de sus patrones...

La niña ha llegado hasta allí de una sola carrera porque acaba de ver, con tremenda emoción, desde una altura de la barranca cómo la señora, dejando de lavar, tomaba el camino de la casa, apresuradamente, casi trotando, como hacen las vacas cuando se acuerdan de pronto del ternerito dormido entre los juncos...

¿"Qué irá a suceder ahora"? y a la pobre chicuela sofocada de fatiga y estremecida de espanto, ningún refugio le parece seguro, ninguna distancia lo bastante larga como para ponerla a cubierto del formidable estallido que presiente...

De buena gana se sepultaría como una anguila o como un caracol entre aquel barro amigo de la playa...

Por eso, en los primeros momentos Santina, pegada al suelo y aturdida por el martilleo de la sangre en las arterias, no mueve un solo dedo. Le parece que de todos lados llega gente en su busca, hombres y mujeres furiosos y vengativos que revuelven los matorrales para descubrirla, para castigar a la miserable muchacha que acaba de matar a un nene...

Pero como el tiempo transcurre sin que suceda nada, y el gran silencio del sitio obra sedativamente sobre sus alborotados nervios, Santina comienza a deponer el espanto animal que la domina y a sentir en cambio una gran tristeza, una sensación de desamparo que poco a poco le invaden el corazón y concluyen por hacerla llorar desconsoladamente:

¿Qué va a ser de ella ahora? Ya no podrá ir nunca más, ni a la casa de sus patrones, ni a la casa de sus padres, ni a ninguna parte...

¡Quién va a perdonarle lo que ha hecho ni quién va a dejar de matarla a palos apenas se presente!

¡Ah, ah! ¿Sus padres que le pegan con la vara por nada, casi de gusto, porque pasó mal un mimbre en un canasto, o porque ató mal el mazo que puso a remojar en la corriente? ¿la señora, que casi le arrancó los pelos la víspera, porque olvidada dejó a la mitad del camino el tacho con la comida para el cerdo?

¡Ah! para cualquier lado que mire en busca de un auxilio o de un amparo, Santina no ve, no puede ver sino ojos fulgurantes de cólera y manos levantadas para pegar, como que la pobre no vio nunca a la gente reaccionar de otra manera, sino pegando por cualquier cosa y hasta a veces pegando en el momento menos sospechado.

Su padre le pega a su madre, su madre le pega a ella y a sus hermanitos, el Señor le pega también a la señora, según ha podido comprobarlo, cuando se quema el pesto de los tallarines, hasta Don Pepín, el capataz del horno, le pegó una vez a su padre en su presencia...

Todos pegan enseguida y por cualquier cosa, el más fuerte al más débil, el más grande al más chico, el más valeroso al más pusilánime, pero de dos siempre hay uno que pega...

¿Qué misericordia puede aguardar pues, Santina, en el trance en que se encuentra, con la experiencia que tiene y convencida como está de la enormidad de su delito?...

¡Caray! ¡Ni Dios, ni la Madona Santísima!...

¡La Madona Santísima!...

Y algo que se inicia como un recuerdo vago de cosa contada

chispea de pronto en el cerebro de la niña y se enciende luego como una luz de esperanza...

—¡Oy, es cierto!: ¡Madona mía, Madona Santísima!... salvamelo...

¡Ah, ah! Su mama... hace mucho... –Santina no recuerda cuánto– pero cierto, ciertísimo... Fue cuando la inundación grande... cuando vinieron a decir que la "Isla Chica" se había quedao debajo el agua y que todos los hombres que estaban allí cortando leña –entre ellos su padre– debían haberse ahogao toditos...

—"¡Madona Santísima, sálvamilo!"

¡"Ah, ah"! la recuerda patente a su mamá, toda despeinada, de rodillas ante la imagen de "La Madona" que tiene encima de la cómoda, impetrando a grandes voces:

—"¡Madona mía! ¡Madona Santísima, sálvamilo!"...

Y Santina, después de permanecer por espacio de algunos segundos inmóvil y completamente absorta, se pone bruscamente de rodillas y juntando las manos vuelve hacia lo alto sus claros ojos iluminados de esperanza y de fe.

—Sálvame, ¡Madona mía! ¡Madona Santísima! yo te lo pi..., pero bruscamente Santina interrumpe su ruego.

Ha oído un rumor de pasos sobre la arena y ve enseguida a su padre que, con un gran manojo de mimbres bajo el brazo, y caminando distraídamente, va a pasar sin duda rozando las malezas de su escondrijo. Y en su apuro por ocultarse, la niña llama la atención del hombre, que sorprendido al ver aquel movimiento de los yuyos y hasta quizás alguna guedeja leonada e inquietante, al principio se para en seco y hace ademán de recoger una piedra, pero que muy luego reconoce a su hija.

—¡Ah bruta bestia! me no fato pavura...

Y extrayendo del mazo una vara de mimbre, se allega a la niña, ya ceñudo y estremecido de cólera.

—¿Ma cosa fa de lá? ¡Sacramento!

II

Al llegar al linde del patio de sus patrones Santina, en un ramalazo de desesperación, intenta una vez más escapar a la vigilante custodia de su padre, echando a correr como una loca, pero éste avisado, la atrapa de un salto y la vara de membrillo cimbradora y silbante torna como aguacero de azote sobre la rubia cabecita, sobre la espalda encarnada, sobre las gráciles piernas desnudas, ya llenas de costurones rojizos...

—¡Andiamo! ¡Bruta bestia! ¡Andiamo! ¡Sacramento!

Y domada por la brutalidad del castigo y empujada por la mano de su padre, la niña, con los ojos extraviados y turbios y sin sentir lo que pisa, camina ya a través del patio, cuando una visión la detiene y la hace caer de rodillas.

La señora dando el pecho al nene, acaba de aparecer en la puerta del rancho, y ríe ante el espectáculo que tiene ante sus ojos con una gran risa sana, que hace sacudir toda su carne...

Al ver lo que su hija hace y tomándolo sin duda por una nueva rebelión el padre de Santina vuelve a azotarla brutalmente:

—¿Ma cosa fa de lá? ¡Sacramento! ¡Toma! ¡Toma!

Pero Santina, que parece no oírle ni sentir los azotes, arrodillada en mitad del patio y alzando sus manos juntas por encima de su cabeza grita con voz vibrante y aguda como un relincho:

—¡Madona mía! ¡Madona Santísima!

Julio de 1921

Un patrón endeveras

—¡Mentira, también señor! ¡Por la luz que me alumbra, que me parta un rayo! Vea: ¡por esta cruz se lo juro que no la conocía a la mujercita esa y que era la primera vez que la vía!

Y con los ojos dilatados de indignado asombro, el mozo que se ha puesto de pie vuelve a sentarse bruscamente.

—¿Sin embargo parece que un testigo dio a entender otra cosa?

—¿Testigo? podrán reclarar cien si a mano viene, que nunca faltan pícaros, pero lo que le digo es la pura verdá don Cosme, como ya se la dije al juez y al comisario y a todito el mundo. Y... ¡usté sabe que yo no sé mentir, que yo no soy mal hombre!

—Por lo mismo es que he venido a verte.

—Claro, don Cosme, ¿pero ha visto? qué disgracia se me forma ¡la gran perra!

Y el mocetón, inclinando la cabeza y retorciendo sus curtidos dedos se pone a sollozar como una mujer, como un niño.

—¡Y esto es justicia, señor, y esto es justicia!

La visita, compadecida y con un dejo de emoción en la voz, trata de tranquilizarle.

—¡Vamos! ¡Que no se diga! Calmáte y contáme con pelos y marcas toda esa historia, porque quiero oírla de tu propia boca para saber a qué atenerme... ¡Vamos!

El mozo, conteniendo su lloro con un fiero gesto, se pasa la mano por los ojos y responde con desaliento:

—¿Y pa que? Si ya no hay que hacerle, si estoy perdido, don Cosme...

—¿Cómo "y pa qué"? –replica el patrón disgustado–. Cómo querés entonces que te ayude, si no me contás cómo pasaron las cosas... ¡Hablá m'hijo, no seas zonzo!

El hombre medita un instante, la cabeza muy baja y los ojos fijos en el piso, hasta que al cabo dice de pronto poniéndose de pie y alzando los brazos en un ademán alocado:

—¡Güeno! Por ser usté don Cosme... via ver si puedo... Pero otra vez, tengo la cabeza como vacida... Estoy sin dormir dende hacen una punta e noches y e hablao tantísimo, que ya ni sé lo que digo...

—Calmáte, hijo... Calmáte y hablá tranquilo y despacio... ¿Querés fumar?

—¡Calmáte! ¡Gracias don Cosme!

—¡Tomá fuego!...

—Gracias... ¡güeno! ¡Vea! ¿Sabe quién tiene la culpa e lo acontecido... don Cosme?

—No.

—¡Y güeno! Tomasito Villena, pa que vea, "El tuertito" Villena que le dicen... ¿no se acuerda?

—No... no me acuerdo... ¿Quién es?

—Pero cómo no, don Cosme, ¿cómo no lo va recordar... Tomasito Villena, aquel rubio delgadito, tan compañero mío, con el que sabíamos dir a cortar la alfalfa?

—¡Ah! Sí... Creo que sí... ¿Y por qué decís que tiene la culpa?...

—Parece, y ahura va ver... Yo... no sé por qué sería, pero lo cierto es que no me apetecía dir a la fiesta e don Carmelo...

—¿El gringo de la chacra de López?

—¡Ah ah! No me apetecía nadita como le iba diciendo y eso que él, caprichoso, me venía convidando hacía rato cada que me encontraba... ¿me compriende?

—Sí; seguí.

—Que "no me vayas a faltar Gabino que va haber almuerzo y baile y lindas muchachas"... que... "mirá Gabino, es mi santo, y que yo y las mujeres queremos echar la casa por la ventana como quien dice"... y ansina que de aquí y que de allá toditos los santos días... Güeno; como le decía, y yo que medio le andaba remoloniando a la fiesta, palabra, don Cosme, no sé por qué a la verdá... quizá porque el corazón me estaría anunceando sin que yo comprendiera ¿no?... ¡Güeno! Como le decía, yo, desganao como estaba, cada que don Carmelo me repetía su convite, le contestaba: que tal vez, que veremos, que había mucho trabajo, que quién sabe si el patrón nos daría licencia ¡qué sé yo!... ¡Ah! y pa que vea como no le miento, me acuerdo perfetamente que en la última convidada que me hizo el mesmo día antes de la fiesta, pa que no juera a pensar el hombre que mi atitú juera desprecio le dije las mesmas y siguientes palabras al barrer: "¡Caray don Carmelo! afijese que yo ya no voy estando pa bailes ni florcitas... ¿Vea que yo ando por los trainta y pico?" ¡Ah, ah! Y él, don Carmelo, tan güeno, ¡qué culpa tiene al fin el pobre!... ¿no?

—"No te me achiqués, no te me achiqués Gabino" –me contestó– "que alguna ha de haber que se venga loca e la cabeza en cuantito medio le cerrés un ojo"...

—¡Güeno! En fin, tanto porfió el hombre, que en fija se fue muy craido de que yo no dejaría de cair a su fiesta y yo me juí por mi lao pensando en que no había de dir no más, porque como ya le dije, no sentía ninguna disposición ¿no?... ¡Güeno! Pero hay tiene que amaneció el sábado. ¡Caray! ¡Cómo saben a rejuntarse a veces las cosas pa hacer daño! Amaneció el sábado como le decía y ya salimos con dos carros a buscar un maíz para semilla que debía de haber llegao en el tren de la noche y el patrón nos gritó que teníamos que apurarnos si queríamos estar desocupados pal medio día; que siempre sabía darnos franca la tarde el sábado si no había quihacer de mayor apuro... ¿no?... ¡Güeno! como la estación... ¿no sé si usté sabe?... como la estación queda retirada, cosa de un par de leguas y yo que había salido un poco antes que Tomasito y agarrao la güeya despacio no más sin apuro, iba lo más tranquilo, cuando... ¡"Cata aquí"! que siento por detrás el tropel y el traquetiar del carro del aparcero que se venía al trote e los caballos como apurao por alcanzarme.

Tanto me pareció ansí que levanté el cadenero y di güelta la cara como para esperarlo, pero, me etivoqué medio a medio: de parao venía manejando Tomasito, las patas abiertas como manos de ternero y saltando que era un gusto a los barquinazos del carro vacido. Lo que quería el aparcero no era alcanzarme sino andar ligero como me lo probó enseguida echando la caballada a un lao pa pasarme y gritando contento y más colorado que el tomate:

—¿Qué hace amigo, que va como vaca tambera? ¿Vea que no es cuistión de perder la fiesta? ¡Meta guasca pues!...

Y pasó nomás como un ventarrón... Yo me raí... ¿qué iba a decirle? ¡Pobre "tuertito" tan güeno! y mientras corre con todo el juego e sus vainte años seguía e largo con el carro levantando polvadera pu el camino, yo muy sentao en el pescante del mío volví a afluejar las riendas y a dejar a los animales a su gusto como aquel que está seguro de que le sobra el tiempo pa hacer bien lo que tiene entre manos ¿no? ¡Güeno!... a ese paso no es raro que al poco rato nomás, ya ni el polvo e Tomasito se vía y eso no me pareció mal porque como en la estación hay piones pa cargar, cuando yo llegase andando despacio, mi compañero ya podría estar listo pa pegar la güelta... ¡Ah! me acordé también pensando mientras iba de lo muy mucho que me había estao azusiando la noche antes Tomasito pa que juera a la fiesta e don Carmelo, hasta que tuve que medio enojarme pa que no me cargosiara tanto y me dejara dormir, que ya era tarde. ¡Güeno!... Y pensando y pensando en esas y otras tantas sonceras de que a uno le da por dar güeltas en la cabeza cuando anda solo, había hecho cosa de una legua larga pu el camino cuando ¡zas! un redepente, siento un tropel de carro y al alzar la vista no me lo veo a Tomasito, saliendo de un bajo con su carro vacido y haciendo trotar juerte a sus caballos...

¿"Y, a éste –pensé– que le pasa"?... Y como es de imaginar sujeté los míos pa esperarlo a que llegara...
—"¡Albricias, compañero!" –Me gritó dende lejos–. "¡Albricias! ¿Sabe que podemos volvernos nomás de vacidos?"
—No... ¿Qué pasa Tomasito?
—¡Que no hay nada pa cargar hoy en la estación hoy!
—¡Ah, ah! ¿Y eso?
—¡No llegó el tren, sabe! ¡Parece que se rescadiló no sé por ande y que no habrá maíz hasta el lunes! Y agregó zapatiando en el plantel del carro de puro contento y metiendo tanto ruido que casi me hizo disparar un manchao medio nuevo que llevaba de tronquero.
—¿Compriende amigo? ¡Nadita que hacer y a divertirnos a lo e don Carmelo!
Yo me raí:
—Se divertirá usté Tomasito, que lo que es yo... Ya le dije anoche me parece...
¡Y viera la cara que puso el pobre al oírme! Era una compasión mesmamente, era como cuando a un cristiano le largan pu el lomo un balde enllenito de agua en una noche de invierno...
—¡Ah! –atinó a decir y se quedó mirándome con los ojos tamaños como si recién se hubiera enterao de que yo no quería dir a la fiesta. ¡Cha! me dió lástima y ahí no más me puse a explicarle otra vez con güen modo:
—Vea Tomasito –le dije–: Pa qué via dir al medio día e don Carmelo contra mi gusto; póngase en razón... Vaya usté que es más muchacho y que tendrá prienda a quien brindar sus cariños y déjeme a mí dormirme tranquilo una siesta e mi flor, que ando medio atrasao de sueño.
¡Ah, ah! Pero él no quiso saber nada y menos lo que me alvirtió medio blando y ahí nomás medio atravesaos en el camino nos pusimos a alegar de carro a carro sin sacarnos ventaja.
Al fin, cansao el pobre y poniéndose colorao como el tomate, me confesó de que andaba medio almariao dende hacía tiem-

po por una e las hijas de la tambera, con la más chica, me parece, pero que como a la vieja no le gustaba la cosa y lo miraba con mal modo y además en lo de don Carmelo, él era un forastero, se sentía un poco acobardao y que era por eso, que como gran amistá de amigo me pedía y me decigía que lo acompañara a la fiesta...

¿Y qué iba hacer, don Cosme? Yo que nunca he tenido cara pa negarle un servicio a naides, ¿se lo podría negar al aparcero?

—¡Claro!

—¡Güeno! ¡Y ahí tiene!... Ansina se me vino esta gran disgracia encima, ¡ansina! ¡ansina!...

Y el mozo, los codos sobre los muslos y hundidos los dedos en la masa de su cabellera retinta, se queda por un instante en silencio mirando el suelo con expresión abismada. El patrón le llama a la realidad.

—¡Bueno! ¿Y después?

—¡Ah, ah!... Y en después, juimos nomás a la fiesta... usté sabe cómo son esta laya e fiestas de los pobres... ¿no? Habían barrido el patio; habían asao un par de corderos y de lechones, habían hecho pasteles y tallarines y vino no faltaba... Botellas, damajuanas... En fin, usté sabe... Gente e la veciná y de trabajo casi toda... Una docena e muchachas, unas chicuelonas, otras ya mujeres hechas, unos pocos mozos de confianza, varios viejos y viejas y nosotros con mi aparcero ¿no?

—¡Ah! También estaban, un paisano medio vejanco "El potrillo" que le dicen por mal nombre, ¿no sé si lo conoce? y que asigún se acordaron lo acababan de largar reciencito e la cárcel, ande cayó, por una muerte que hizo y... estaba él, el finao, con la mujer y una criatura, ansina como de cuatro años...

—¿La hija?

—Sí, señor; la hija... ¡Güeno!... cuando nojotros llegamos con Tomasito a la fiesta, esa mañana, ya estaban allí riunidos todos y hasta algunos bailaban en el patio, que había cordiones y guitarreros bastante güenos... el Negro Cirilo ¿no sé si lo conoce?, otro más rubio que siempre sabe andar con él, un tano viejo y otros más...

Parecían contentos y no hay ni qué decir que don Carmelo y su señora nos recibieron con muchos cariños y zalamerías: "¡Tanto de güeno po acá! ¡Pasen adelante, acomodensé y pidan pa tomar lo que gusten!"... En fin usté sabe... ¡Güeno! Ahura yo le digo, don Cosme... ¿no es una maldá de marca, que una fiesta tan linda y en la que todos querían divertirse honestamente que viniese un guay corneta a armar un semejante estropicio?

—¡Claro!

—¡Pues ahí tiene! Por uno solo, por culpa de uno solo todito echao a perder en un decir "¡Jesús!" y yo arruinao pa toda la siega ¡la gran perra!

Y el mozo volviendo a componer con ambas manos su frondosa y renegrida cabellera, torna a sollozar como una mujer o como un niño, sacudiendo sus angulosos hombros: ¡Juna perra! ¡juna perra! ¡Y hay justicia, dicen!

El patrón interviene a su manera:

—¡Vamos! ¡No es pa tanto che! ¡qué jorobar! ¡Seguí hombre!...

—¡No es pa tanto!... Vea: yo, ni lo conocía siquiera... Palabra que no lo había visto nunca al finao... Decían que trabajaba en el matadero... Era un mozo como de unos trainta años, alto, delgao, más bien rubio y con cara e travieso... Pero ¿quiere que le diga una cosa?... Al verlo al prencipio tan alegre y chacotón como se mostraba, más bien me jué simpático...

—¿Sí, che?

—¡Ah, ah! La mujercita... cualquier cosa, ni linda ni fiera, baja, delgadita, pelo negro y unos ojos tristones. La criatura entecadita me pareció y además vide que tenía en el pescuecito como una especie e marca de enfermedá o de quemadura... La habían sentao adentro en una e las dos mesas que habían palmorzar, al ladito mesmo e los padres y era la sola criatura que allí había... ¡Güeno! Encomenzó el almuerzo lo más a gusto y algunos de los convidados, sobre todo los extranjeros viejos y

amigos del dueño de casa, a meterle al vino aquel de las damajuanas que era un contento...
—¿Vos tomarías también?
—¿Yo? Usté sabe don Cosme que yo no sé tomar...
—Es cierto... Tenés razón... Bueno, seguí.
—Empezaron a chupar como le decía y a alegrarse y chacotiar entre ellos y los demás al verlos ansina se jueron también contentando toditos como acontece. ¡Daba gusto ver a las muchachas presumidas a las morisquetas con los mozos que las cortejaban brindándoles lo mejor del asao y de lo que había!

A mi aparcero Tomasito, no debía de dirle muy mal tampoco, porque colorao como el tomate estaba que se redetía pegadito a la prienda.

Yo, como siempre tranquilo, comía de callao, mirando de aquí y de allá y raindome como cualquiera de las bromas que se largaban los gringos viejos, que eran como ya dije los más alegres y traviesos. ¡Güeno! Ansí lindo nomás iban las cosas cuando allá, casi al final del almuerzo cuando ya toditos estábamos llenos y algunos mozos decidieron comenzar a levantarse, apurándomelas a las compañeras pa volver al baile ¡"cata aquí"! que un redepente oigo que todos medio se callan como cuando pasa alguna novedá y veo que la criatura parada en el asiento había encomenzao, con voz delgadita a decir un verso delante de la gente. ¡Almita e Dios! Se conocía a las claras que estaba abochornada a más no poder, pero cada que medio se quería parar el padre me la decidía retándolá pa que siguiese largándolo hasta el final. Al principio, como sucede, la cosa pareció y muchos la elogiaron a la criatura pero enseguida nomás cuando la vieron en dificultades y lo oyeron al padre reprenderla ya encomenzaron algunos hombres y mujeres a sentir lástima y a decirle al padre que bastaba, que no la azuciase más ¿no?... Pero nada, él siguió nomás con sus desigencias, y la chica largando y largando versos, cada vez más desganada, hasta que toda la gente encomenzó a fastidiarse por el capricho de aquel hombre.

—"Dejelá Reginaldo; no la canse, ¡pobrecita! ¿No vé que la va a hacer llorar?"

Y él, emperrao como mula:

—No, señores. Es que no quiero que se me haga mañera, que se me acostumbre a desobedecer al padre". –Y añadió pa su criatura, mirándola juerte y zamarriándola de un hombrito–: "¡Derecha! Párese derecha ahí y diga el otro verso, ese verso del gato y el ratón!"

—¡Dejelá, señor! ¿No ve cómo llora? ¡Dejelá pobrecita, ya ha cumplido!

—¡No señora! –Contestó el finao con enojo–. ¡No señora! Ha de hacerse lo que mando. ¡A ver! ¡diga el verso! La criatura como es de marginar trató, tragándose las lágrimas, de encomenzar:

—"En la puelta de su casa. Estaba don Micifuz..."

—¡Siga!... "Vestido...".

—Estaba don Micifuz, vestido... No puedo tatita, no puedo...

—¡Siga, caracho!

Entonces se metió al medio la madre... qué iba a hacer la pobrecita:

—Dejála, Reginaldo, dejála...

Encomenzó con el mejor modo y medio quiso quitarle la criatura, pero el finao encaprichao, arrempujándola con el codo me la hizo ladiar diciéndole con soberbia:

—¡Usté se calla la boca cuando yo hablo! –Y ahí nomás iba a seguir la historia con la criatura, cuando doña Conseción se metió como dueña e casa, diciéndole medio en serio y medio en broma, lo que estaba mereciendo que se le dijese. Esto es, que se dejara de amolar, con lo que casi toditos se apuraron a alzarse e las mesas ande se comía y a salirse afuera contentos, pa seguir el baile y con ellos me salí yo también, aunque medio dijustao, pa qué se lo viá negar... Vea; ¡creo que de la rabia que me había hecho agarrar el finao con sus zonceras, ya no me asientó la comida, porque sentía como un peso en la boca el estómago! ¡Palabra, don Cosme!

—¡Claro!

—Me recuerdo que de salida pal patio me trompecé con Tomasito y no pude menos que decirle abajito como pa que no oyera la compañera que la llevaba del brazo aprietadita:

—¿Qué me dice del hombre ese, aparcero? ¿Lindo el postre que nos ha servido?

—¿Ha visto, Sabino?

Y mi compañero, se riyó como aquel que a gatas ha entendido y que de nada se priocupa como no sea de lo que tiene entre manos... Vea: Me recuerdo patente entuavía, que la moza le debió de preguntar qué era lo que yo le había dicho, porque él le respondió lo más ladino: —¡Nada, Rosita!... cosas del amigo...

¡Güeno!... Después, como todos se largaban ya a bailar y me arrempujaban de todos laos no tuve más remedio que recostarme pa la orilla y agarrando un cajón vacido de kerosene o no se qué, que pu allí había, me senté medio retirao a mirar aquel baile que a la verdá no estaba malo.

Las muchachas lindas y agraciadas, los mozos, finos y paquetitos casi todos... ¿no?

¡Güeno! Como algunas señoras y gente mayor se jueron sentando también como yo, al fin se vino a hacer como una especie e rueda o corralito en el medio del que vinieron a quedar encerraos los bailarines. Vide que muy cerca mío había venido a quedar la mujercita del finao, con su chiquilina en la falda y que la pobre inquieta como debía de estar con un ojo mirando el baile y con el otro pal lao de adentro ande se había quedao su marido con varios de esos que no faltan y ande en fija seguían todos chupando firme a juzgar por el gran bochinche y jarana que metían.

Güeno, pero la cosa andaba tan bien en el patio y la música era tan linda, que poco a poco medio me juí olvidando de aquel dijusto que había agarrao tan al ñudo, por causa de las malas altitudes del finao y tan es ansí, que sin hacerme rogar mucho por la dueña e casa alcancé a bailar un par de piezas con la hija e Sotelo... ¿no sé si la conoce? y con otra mocita, delgadita ella y de pelo rubio que ahura no me recuerdo cómo se llamaba... Después, como hacía calor y fuerte, volví a sentarme en un banquito que hallé desocupao cerca de ande se hallaban los músicos y, a tiempo que me secaba el sudor de la cara con el pañuelo, me puse a mirar otra vez con gusto a los bailarines y más que todo al aparcero Tomasito que no dejaba e mano a la tambera chica y que le metió a las polcas, los valses y las mazurcas, unas detrás de otras y que entuavía la conversaba apurao al oído desigiéndole quién sabe qué esperanza.

El dueño el santo, medio puntiao pero gaucho y comedido siempre, andaba entre la gente osequiando ya a éste, ya a aquél; a los hombres con bebida blanca y a las mujeres con confites que sacaba a puñaos de los bolsillos. ¡Ah, ah! ¡Era una comedia!:

—"Uno solito, don Carmelo; este colorao" –un suponer decía la moza, ruborizada, al carcular que bailando como molinete no iba a tener ande meter tantísimo confite, pero el dueño el santo no quería saber nada y ahí nomás me la dejaba con las manos enllenitas de confites de todos pelos, hasta que el compañero la acudía y pa ayudarla lo más fino: —"¡Démelos que yo se los guardo pa luego!"... Y ahí nomás, después de embolsicarlos bien engüeltos en el pañuelo e seda o de lo que juera se golvían a largar los dos contentos al baile, como si los hubieran aliveaos de un peso grande.

También alcancé a ver que estaba sentao cerca e la mujer el finao, el hombre ese que acababa e salir de los presidios, según se acordaron, ya le conté.

El pobre ¡caray! ahura lo comprindo, parecía tristón y aunque de cuando en cuando, tomaba una que otra copita de las muchas que le ofertaban, como a todos, no conversaba ni bailaba con naides... Más bien se entretenía en palmiar lo más cariñoso, a un cuzquito blanco que se le había venido a atracar entre los pieces... ¡pobre! ¿no?

—¡Sí pues...! Seguí.

—Güeno; estaba como le dije mirando yo, lo más tranquilo, todos estos espectáculos, cuando ¡zas! que se arma adentro como un gran alboroto e gritos de risadas y hasta de vidrios que se rompían, lo que nos hizo prestar atención a todos los presentes y hasta pararse algunos de los que bailaban pa preguntar qué acontecía... Yo no me moví de mi asiento pero oí contar de que no era nada lo sucedido sinó que chacotiando habían voltiao una mesa y quebraron algunos vasos, pero enseguida nomás vide algo que no me gustó nadita: Al finao que salía de las piezas de adentro, con don Carmelo y otros a las risadas y haciendo muchos ademanes como aquel que ya no está muy bien de la cabeza.

—Ya vamos a volver a la jarana –pensé y le garanto, que hasta ganas me dieron de dirme, sinó me juí en la ocasión y me dejé agarrar tan sonzamente e mi destino, jué de pereza, nomás, de pereza de despedirme e todo el mundo a mitá de la fiesta... Güeno; como le iba diciendo, venía el finao de lo más travieso y barullero y aunque no de calce, bien arreglao... sin güelta de hoja...

Venía, ¿sabe? en el pior estao, aunque entuavía con todas las juerzas y facultades del hombre encomienzan ya a perder el respeto y la vergüenza. Él se raiba y hablaba juerte, les decía picardías a las muchachas y hasta se encaprichó en hacérmela bailar una polca a la dueña e casa, que cansada al fin, no tuvo más remedio que acederle pa que la dejara e fastidiar tantísimo...

—¡Está bueno!...

—¡Y claro! ¿Usted sabe don Cosme cómo se güelven de fastidiosos algunos en cuanto tienen una copa e más y cómo todos los prudencean, máxime si se trata de una fiesta u riunión de gente güena?

—Sí, ya sé... ¡Seguí!

—Güeno; como le iba diciendo, lo mesmo doña Conceción, la dueña e casa como los más de los presentes celebraron la broma y hasta les abrieron cancha pa que bailaran, entre las risadas de todo el mundo porque la señora era muy gorda y además el finao hacía una punta de cortes y de fantasías... que eran de verse...

¡Güeno! Cuando acabó aquel baile con la dueña e casa el hombre vino a asientarse al ladito mesmo e su mujer que se puso a hablarlo al oído muy apurada, sin que él quisiera atenderla al parecer, porque hacía muchos visajes y se encogía de hombros, a tiempo que se pasaba el pañuelo por el pescuezo.

Yo medio lo miré entonces y vide que tenía ya esos ojos y esa cara inquieta que se le pone a aquel que está ansioso de seguir llamando sobre sí la atención de la gente, ¿no? Y pa que vea, don Cosme, como si el destino viniera acomodando las cosas aconteció que en ese mesmo momento se me les dio por descansar a los músicos que habían estao tocando seguidito y a don Carmelo, por venir a ofertarles de chupar, con lo que los bailarines se fueron abriendo pa los costaos y dejando libre el patio, ya que a naides le agrada quedarse en medio el cerco como florcita, ¿no? Y güeno, sucedió que todos hablaban o se raiban formando ese rumor tan lindo que se sabe sentir en toda fiesta, cuando ¡cata aquí! que un redepente, el finao me la agarra de un bracito a su chiquilina diciendo a los presentes con una voz delgada que tenía:

—"Atención señoras y cabayeros que esta mocita..."
—¡Pero Reginaldo! –alcanzó a decirle la esposa levantándose de su asiento y medio como queriendo manotiarle la criatura–. ¡Pero Reginaldo!, ya vas a encomenzar ¡caramba! Pero él no le dijo más que estas palabras: "¡quieta Cora!" y medio a tiempo que le quitaba a la hija unas golosinas que tenía en la manito y bien juerte como para que todo el mundo sintiera: —¡A ver, amiga! ¡Va a decir delante de estos señores, ese verso tan lindo del gato y el ratón!

Vide la cara e fastidio que pusieron toditos, varones y mujeres y cómo varios se miraron entre ellos como diciéndose unos a otros: ¡caray! ¡Ya va a comenzar a jorobar este fastidioso!... ¡Yo no le digo don Cosme! Yo, aparte de que siempre tuve cariño por las criaturas y hasta por todos los animales cuando son tiernitos, siempre me hizo mal efeto que alguno se abuse del que no puede defenderse, ansina se trate del mesmo padre..., ¿no? ¡Vea! no le miento... Enseguida volví a sentir otra vez como que alguna entraña se me retorcía adentro, mala comparancia, como el chinchulín puesto en las brasas, y, sin embargo, nada dije y agaché el lomo, esperando que alguno con más autoridá en la casa que un simple convidao le pidiera al hombre que se estuviera con juicio, un suponer don Carmelo o su señora. Pero, parece que ni a ellos ni a naides de las personas de más respeto que allí habían, les pareció bien por entonces meterse p'atajar la cosa en sus prencipios..., ¿no?, y el finao mientras tanto siguió con toda su voz aunque siempre medio como chacotiando, p'hacer rair a la gente:

—¡Señores! priesten un poco de atención que la hija e Reginaldo Cuevas les va a decir un lindo verso. ¡A ver, amiga! ¡Encomience!

—¡Ah, ah! Pero como es de maginar, resabiada como ya estaba la criatura no quiso hacerle caso al padre y ahí nomás se largó a lloriquiar y darse güelta pal lao e la madre haciendo juerza pa dirse. Entonces el finao cazándola de un hombrito ya me la mandó otra vez enojao endeveras:

—¡Diga! ¡A ver! ¡Diga el verso, porquería!

Recién entonces, se largaron nomás a hablar toditos a un mesmo tiempo hombres y mujeres: "¡Déjela señor! ¡Está cansada amigo! ¡Pobrecita, no tiene ganas!"... Y algunas mozas hasta medio llegaron a arrimársele a la criatura como pa acariciarla; pero, él no quiso saber nada y a todos contestó de mal modo y como aquel que está enojao en su casa:

—¡No! ¡Háganse a un lao, que sé lo que hago y quiero que me obedezca!... ¡En lo mío soy yo el que mando y la chica ha de decir el verso, o se ha de llevar unas buenas!... ¡Diga el verso, trompeta!

¡Y nada! ¡qué verso iba a decir la criatura, meta llorar como una magalena y meta forcejiar pa que diuna vez la largara! ¡Ah, ah!... Y a todo esto don Cosme, todito el mundo dijustao

con cara e perro y la música parada esperando que se acabase el espetáculo...
—¡Diga el verso!...
¡Y me la zamarriaba a la nena de aquí payá como perro a una sabandija!

Las mujeres entonces empezaron a quejarse abajito, con palabras y dichos que eran como chuzazos pa cualquiera de los varones que estábamos en la riunión: ¡Qué malo! ¡Qué caprichoso! ¡Qué soberbio! ¡Qué güaso! ¡Y ansí vamos a estar toda la tarde!

Al llegar el relato a este punto, el patrón destose, cruza una pierna sobre la otra y al fin pregunta ansioso:

—¿Y por qué no te metiste vos, por qué no se metió alguno, cualquiera de los machos que estaban allí, pues, amigo?

El mozo abre los ojos con indignado asombro:

—¡Y eso me dice don Cosme!

—¡Claro que te digo! A algún hombre le correspondía hablarlo para que entrase en razón.

—¡En razón!... ¡Parece mentira señor!... ¿Acaso no se ve clarito cuando a un hombre no se le puede decir ni una palabra, cuando a un hombre no se le va a dentrar más razón que la hoja del cuchillo?

—Es cierto, talvés tengás razón, ché.

—¡Claro!

—Bueno, seguí...

Y en esto estábamos, como le decía, y ya naides sabía qué hacer, cuando un redepente me la veo a doña Concección lo más colorada, que se hacía camino entre la gente y se le atracaba al finao, pa decirle con franqueza que se dejara de fastidear que la gente quería divertirse y que él estaba estorbando. ¡Ah, ah! ¿Y sabe lo que contestó el indino? Contestó que la chica había de decir nomás el verso, porque él era el padre y no estaba pa que se le resabiase...

—¡Está bueno!

—¡Atienda! Como es de maginarse al punto le replicó la señora, lo más puesta en razón y a tiempo que me lo arrempujaba despacio pa que se hiciera a un lao: "—No digo que usté no sea el padre, pero no es ocasión de enseñarla estando en casa ajena."

¡Ah, ah!... Él quiso alegar entuavía como no sé qué historia de que él sabía enseñar a su hija y de que lo dejaran un momento y todos verían cómo la chica iba a decir no un verso sino vainte, si a mano venía y qué sé yo y qué sé cuánto, pero como la señora no le aflojó y además varios entre mujeres y hombres encorajaos por la altitú de ella se metieron al medio y con güenos modos le quitaron la criatura y medio me lo hicieron a un lao, él no tuvo más que hacer y yo, oyendo que los músicos puntiaban ya sus estrumentos, me crai que todo había pasao, máxime cuando lo vide hasta rairse al hombre y encojerse de hombros como aquel que se dice: "¡Y güeno! ¡Qué se le va hacer!", pero cuando menos lo pensaba, ta se vino e golpe la tormenta... ¿Y sabe cómo patrón? Se vino ansina, de esta manera, vea: la chiquilina toda enllenita e lágrimas se había sentao otra vez en la falda e la madre que me la estaba consolando con sus mejores cariños y ya los bailarines encomenzaban a dentrar de nuevo al redondel del patio, cuando ¿no me lo veo al finao darse güelta de pronto y volvérmela a agarrar a la hijita e la trencita pa sacarla otra vez al medio, con gran aflición de la pobre señora, gritos de la criatura y alboroto de todo el mundo?

—"¡Yo no sé lo que pensarán algunos –dijo cuando la tuvo de nuevo en el medio del patio– yo no sé lo que pensarán algunos, pu pa mi gusto yo soy el que gobierna a mi gente y ansina es que la criatura va decir su verso ahura mesmito, ansina se venga el mundo abajo!"

Y medio riyéndose entuavía nos miró primero a todos con sus ojos zarcos, pa golver a agacharse sobre la chica pa mandarla a gritos y zamarriándola de que obedeciera.

¡Y había de haber visto usté, la comedia que se armó enton-

ces! ¡Si hasta da vergüenza contarlo! ¡Vea: al ver lo que pasaba, no le diré que no se sintieron exclamaciones de gente dijustada, pero naides, patrón, naides de los que allí estábamos, eceto algunas mujeres, jué capaz de entrometerse dando la cara!
Al patrón le bailan los ojillos y descabalga una de sus piernas. —¡Está bueno! –dice.
—¡Palabra, don Cosme! ¡Ah! ¡Y... vea! me olvidaba y no quiero mentirle... El único varón que medio hizo mención a levantarse del asiento, pero pa golver a sentarse enseguida, blanco como el papel, jué "El potrillo", el hombre aquél que había estao en los presidios como le dije... ¡Ah, ah!, se alzó a gatas pero se dejó cair otra vez sentao, como si se le hubiera roto alguna cosa adentro. Después yo, ni naides movió siquiera un dedo... ¡palabra!
Mil veces más corajudas se mostraron las mujeres... Oí a una rubia de ojos azules, que no sé quién es, hasta gritarle: "¡Bruto!", pero ya le digo, ni yo ni el mozo que estaba con ella, ni naides se movió pa nada... ¿Y sabe por qué?, porque víamos en fija el compromiso que se nos venía, lo mesmo que lo debió de ver "El potrillo", baquiano, pa sentarse ansí de golpe... Toditos comprendimos que meterse en palabras con aquel hombre atrevido, era meterse hasta el encuentro..., ¿no?
—¡Claro!, un tipo así...
—Paresé... Entonces acontesió que uno, no sé quién, me la jué a llamar a la dueña e casa, que debía de andar pu adentro y en fija creyéndola la más capaz pa el caso como lo había demostrao hacía tan poco, pero venía recién la señora tranquiando lo más resuelta, cuando, "¡cata aquí!" que no le da a la mujercita el finao, de puro abochornada de estarse mano sobre mano, por atracarse a su marido pa pedirle otra vez que se estuviese con juicio, que dejara a la criatura tranquila y que juera a sentarse a su lao...
¡Ah, ah! ¡Jué pucha! Vea don Cosme: ¡Hubiera sido preciso no ser hombre, ser como un animal cualquiera el campo, pa no sentir compasión oyendo la humilá con que aquella mujercita

lo habló al esposo, con su voz tan delgadita y que le temblaba toda!...

¡Ah, ah! Le juro, vea: ¡por esta cruz!, que las manos se me hacían ansina del coraje que me venía agarrando y que tenía que abrir la boca como el sapo, porque de la angurria, me faltaba el resuello... ¡Por esta cruz, patrón, se lo juro!

—¡Está bueno!

—¡Y dele la mujercita!, ¡que Reginaldo de aquí, que Reginaldo de allá, que sé güeno, que estate quieto! ¡Vamos! Por Dios te lo pido. ¡Vení a sentarte conmigo!..., hasta que un redepente, el finao sin soltar la criatura que la tenía agarrada de un hombrito, ¿no se dió güelta pal lao de la mujer y ¡zas!, me le largó un revés con la zurda que me la hace trastabillar medio azonzada? ¡Ah, ah! Y ahí nomás como es de maginar gritaron a tiempo toditas las mujeres, pero de todos los hombres que estábamos allí sentaos, creo que sólo "El potrillo" y yo atinamos pa largarle un: ¡Eh!

—¡Ah, ah!

—Enseguida, en medio del gran bochinche que armaban alborotadas las mujeres, el finao le dijo a la esposa con mucha soberbia:

—Eso es pa que aprendás a no estorbar cuando yo hago alguna cosa...

—¡Ah, ah! Y vide señor, que algunas mozas me la sostenían a la mujercita, que tenía la boca enllenita e sangre y que medio se les caiba la pobre, blanca como el papel y vide..., vide... ¡la gran perra!

Aquí el mozo hace una pausa, e inclinando mucho la cabeza, se aplica afanosamente a arrancarse "mentiras" de los dedos.

—¿Y?... ¡Seguí, pues!

—¡Y güeno!... después..., después... Vea patrón yo no le diré..., yo he visto castigar a muchas mujeres... unas con razón, otras de vicio... En fin, usté sabe que es costumbre entre pobres y asigún dicen entre algunos ricos; sólo que ellos lo hacen bien escuendido en sus palacios y no se sabe... ¿no?

—¡Güeno! Como le decía, castigar mujeres he visto por el hombre, y no le diré que sólo a cachetes, sinó que hasta rebenque limpio y arriador también..., que haya desalmaos... ¡Ah, ah!, pero en el caso jué muy dijerente. ¡Ah, ah! Jué una cosa dijerente. ¡La pucha si jué! Ahura verá: Un hombre, un suponer, la castiga a la mujercita delante de uno, ¿no?, y a uno como es de maginar no le gusta la cosa ¿no es verdá?, no le puede gustar..., ya que como usté sabe a ningún varón le apetece que otro, por más dueño que sea e la prenda, trate mal a una mujer en su presencia y cuanti más que la castigue... no sé..., usté sabe mejor que yo en fija..., ese algo que todos los hombres llevamos adentro dende nacidos y que nos hace endierezar los cabellos en la nuca, mala comparancia, mesmo que al perro bravo que está por avanzarse..., ¿no? Güeno, las más veces el dueño e la prienda, por respeto al hombre que tiene delante sabe decir, como avergonzao de lo que ha hecho:

—"¡Dispense amigo!", ¿no? "Es que me ha salido media respondona y me hace dir de los sentidos"... O mejor entuavía y hablándola a la mujer: —"Mirá: si no juera por don Julano, que está aquí presente, el cuero te habría e sacar a lazasos..., ¡andá p'adentro!"... Y, aunque a uno le haiga hecho cosquillas el espetáculo sucedido..., ¿qué va a hacer? Él es al fin y al cabo el dueño e sus cosas y entuavía tiene la fineza de acordarse de que otro varón estaba presente y que por juerza ha debido de sentir como un calor entre sus entrañas, ¿no?

—¡Claro! ¿Y?

—Y él, no señor... Ahura verá; en cuantito le hubo pegao, ansí tan bruto y de vicio a la mujer y mientras las otras me la atendían, ya se dio güelta, pal lao ande estábamos los hombres, ¿comprende? Pué lao ande estaba yo y estirándose con soberbia, mirándonos a toditos con unos ojos de provocantes y despreciativos, como no vide nunca en la vida, nos largó estas palabras. Vea: se lo juro don Cosme, por la luz que me alumbra... Estas mesmas palabras: —"¿Si alguno no le ha gustao?"

¡Póngase en el caso!..., ¿qué me dice, patrón?

Y el mozo después de fijar por un instante en los de su interlocutor sus ojos bravíos e interrogadores, prosigue con vehemencia:

—Güeno y pa que vea, resulta que ahura resulta que yo no tuve razón para hacer lo que hice y que soy un criminal porque la lay y porque el cóligo y por qué sé yo cuánto... ¡Vea!

El patrón sonríe:

—¡Eh! ¡Paráte!

—¿Ah, ah?

—No te enredés en esas cuartas... Seguí contándome lo que pasó. ¿Qué hiciste vos después?

—¿Lo que pasó? ¿Yo? Ah, es verdá, dispense... Lo que pasó jué eso que le contaba, las palabras del finao y la mirada aquella que nos largó...

—¿Cómo la mirada? No entiendo... ¿Qué mirada?

—¡Pero la mirada del finao, don Cosme, la mirada que nos hechó a tiempo que nos largaba la rociada!...

—Y, ¿qué tenía?

—¡Qué tenía!... ¡Caray! Cómo se conoce que no la vido. Jue una mirada atrevida, y de repunante, patrón... Vea: no sé cómo decirle, era mesmamente una mirada como si uno, con perdón de la palabra, le hubiesen mandao por la jeta una palada e bosta, ¡eso era!... ¡Sí, patrón, créame se lo garanto! Jue una cosa que naides, ni Dios mesmo hubiera podido aguantarlo sin morirse, sin reventarse por dentro. Vea: ¡por esta cruz se lo juro, que me caiga muerto!

—Bueno... ¿Y después?

El mozo medita un instante, los ojos sombríos, fijos en el suelo y después dice retorciéndose los curtidos dedos y con leve alzamiento de hombros:

—¡Y después! ¡Qué quiere que pasara, don Cosme! Después me enojé y como no sé enojarme a medias, olvidado de todo, ya me le paré por delante y le grité con toda la voz que a mí no me

había gustao lo que había hecho y que se juera a la... y que saliese al medio si era hombre, pa coserlo a puñaladas... ¡Eso nomás!
—¡A la..., che!
Y el patrón, con los ojillos brillantes y avanzando la barbilla hacia el mozo, prosigue lleno de curiosidad e interés:
—¿Y qué hizo él, entonces?... ¿Te atropelló ahí nomás? ¿te quiso ventajear? ¡Contá, pués!
El mozo le mira un instante como extrañado, pero enseguida baja la cabeza y explica con toda calma:
—¿Y?... pelamos cada uno lo que tenía. Él un marca "Cocodrilo", grandote, cabo amarillo y yo el cabito negro e dos gemes que siempre sé llevar conmigo... y, apenitas nos vieron acomodarnos ya se hizo un gran respadamo de la gente y se alzó la gritería e las mujeres como gaviotas en la carniada..., vi también que algunos comedidos muy puestos en razón, pedían que nos abrieran cancha... Después...
—¡Seguí, hombre!...
—¿Y, después? ¡Qué quiere que le diga, don Cosme!... después no me recuerdo bien... Usté sabe que enojao endeveras ya uno ve medio turbio... Sé que peliamos fuerte un rato y eso sí, lo tengo patente al finao, sentao contra la paré, la camiseta coloriando, la cabeza que se le caiba tanto pa'delante, sobre el pecho, que la cara no se le vía..., que yo sentía seca la garganta, que estaba agitao y que algunos me tenían agarrao e los brazos mientras una punta e gente me miraba con los ojos tamaños... ¡Eso sí!...
—¡Está bueno!...
Y como el patrón, después de decir esto, se queda un momento meditando, la vista clavada en el suelo y mordiendo nerviosamente el bigote, los negros ojos del mozo que lo observan atentamente van adquiriendo, a medida que transcurren los segundos, una expresión de ansiedad cada vez más intensa:
Al fin pregunta el patrón:
—¿Y cuántas puñaladas le metiste, ché?

—¿Yo?, no sé patrón... Parece que tres..., una en la isliya y dos en el vacido...
—¿Y pa qué tantas?
—¿Y? ¡Qué sé yo! Usté sabe, cuando dos hombres se topan con ganas hay que apurar la parada salga lo que salga, ¿no? Además uno no es cuchillero de oficio, como quién dice, pa dir contando los tantos... ¿no?
—Sí, quizá tenga razón... Bueno...

Y como el patrón vuelve a guardar silencio, a meditar muy contraído el ceño y fijos los ojos en los ladrillos del piso, el mozo siente crecer de nuevo a tal punto la sensación de incertidumbre angustiosa que le está royendo que no puede esperar más y habla tímidamente:
—¡Patrón!...
—¿Eh?
—¿Y qué le parece?
—¿El qué, che?
—Y, ¿esto que me ha pasao?... ¿Esto que he hecho?... Yo... Yo quisiera saber su imprisión..., ya que usté es como mi padre... ¿no?...

El patrón contrae un poco las cejas y se alza ligeramente de hombros y luego dice sonriente y a tiempo que deshace bajo la suela de su botín un "pucho" de cigarrillo que hay en el suelo:
—¡Y, qué querés que te diga!... Si las cosas pasaron como las cuentas, me parece que has hecho bien, ¡que j...! Yo hubiera hecho lo mismo...

El rostro del mozo resplandece instantáneamente de esperanza y de júbilo:
—¿Verdá, patrón?
—¡Y claro pues! ¿O ibas a esperar a que el otro...?

Y el patrón, ya serio y como encolerizado de pronto, mira al mozo con expresión agresiva, mientras éste sin reparar en ello exhala su alivio con un tímido: ¡cha, qué suerte!... que el patrón le baraja en el aire:

—¿Suerte? ¿Por qué suerte?
—Y eso que me ha dicho..., usté no sabe el gran peso que me saca de encima, su imprisión...
—¡Ah! ¡Y claro!...
—Porque usté sabe que el dotor se me dijustó... y me dijo...
—Sí, ya sé...
—...Porque yo no quise mentir y decir en mi reclaración que el finao me había atropellao con armas y que yo asustao pa defender mi vida... ¡maginesé, don Cosme! Parece que ahura hay que mentirle al juez pa que haga justicia y avergonzarse diciendo que de puro asustao jué que uno..., ¿no?

El patrón, que mira el suelo y se muerde el bigote con aspecto ceñudo y preocupado le interrumpe bruscamente:

—Sí, vos no sabés, pero hiciste una macana, perdiendo tu situación de provocado, para cambiarte en provocador y el gringuito ese está en lo cierto...

—Yo craiba que la justicia le daba la razón al que la tenía y que no era cuistión de palabra más o menos... yo... yo...

Pero el mozo no puede continuar porque el patrón le para con la expresión ceñera de sus ojos y le replica con vehemencia:

—¡Calláte, calláte! No seas animal, ni me vengas con filosofías de lo que no entiendes. Ustedes pueden pasar callados, pero en cuanto abren la boca ya se vuelven unos baguales... Son como esos pájaros de laguna, muy lindos para verlos, pero en cuantito uno los alza sobre el caballo ya le ponen la ropa a la miseria... ¡La justicia! ¡La justicia! ¡Pero vos te crees que la justicia ha sido hecha para los zonzos..., que te basta tener razón para que te la den! ¡No seas pavo! A la razón hay que probarla y las leyes de la justicia son tan traicioneras y peligrosas para el ignorante como un cuchillo afilao en las manos de una criatura... ¿Entendés?

—Y, si usté lo dice...

—¡No! No es porque yo lo diga, no seas burro; es porque así es... Yo reconozco tu buena fe y comprendo el mal efecto que te tiene que haber hecho las instrucciones del abogao, porque te parecía que ibas a quedar como un flojo, pero legalmente él tenía razón y le has hecho una macana como un rancho, ¡que j...!

Y el patrón, excitado, después de decir esto, se acerca a la ventana y se pone de espaldas a mirar hacia afuera mientras el mozo con los ojos ensombrecidos repentinamente se tuerce nerviosamente los dedos, esperando que se vuelva.

Cuando lo hace el patrón por fin, con esa brusquedad que le es característica, la expresión acalorada de su rostro se ha trocado ya en otra de risueña pero incisiva malicia.

—¿Y el gringo, ché? –pregunta–. ¿Y el gringo, tu nuevo patrón, qué hace, qué ha hecho por vos en este trance?

El mozo, tras una leve vacilación de sorpresa, se alza de hombros y dice bajando la cabeza:

—¡Y qué quiere que haiga hecho, don Cosme! ¡Qué va a hacer!

—¿Cómo, qué va a hacer? ¿No es tu patrón? ¿No me dejaste por él hace dos años?

El mozo sonríe entre avergonzado y despectivo:

—¡Mi patrón! ¡Claro que es mi patrón porque me paga... pero cómo se va a comparar con usté..., que es pa mí como un padre! –Y añade rápidamente, y sin duda para que su ex patrón no olvide esta circunstancia, que a tanto debe obligarle–: ¡Por eso es que le mandé avisar, don Cosme!...

El patrón torna a sonreír con burlona filosofía:

—¡Ah, sí! –dice–. ¡Claro! como vos tengo una punta de hijos... ¡una punta! Pero no importa, la cuestión es ahora...

—Por esta cruz se lo juro, don Cosme, ¡vea!

—¡Sí, sí!... Ya sé... –Y después de mirar el suelo con ceño y con los párpados entornados, el patrón se yergue en toda su estatura y agrega resuelto y concluyente–: ¡Bueno! Mirá, ché... De algún modo hemos de arreglar este asunto, ¡qué j...! Mirá: Yo me voy esta noche para Buenos Aires y el lunes a más tard... ¿qué? ¿qué te pasa?

—Nada...

El mozo acobardado ante la hosca visión de su porvenir y desamparo, no ha podido contener un movimiento instintivo y pueril hacia el brazo de su ex patrón como queriendo retenerle para que no se vaya. Éste que adivina el pavor que acaba de pasar por el alma del mozo insiste entre burlón y afectuoso:

—¿Cómo no? Estás asustado..., pero yo te digo que no tengás miedo y que te quedés tranquilo..., ¿comprendés?

—¡Ah, ah!...

Pero enseguida y a tiempo que el patrón se calza los guantes, mirándolos con expresión ceñuda como si estuviese enojado con ellos, el mozo vuelve a exteriorizar su trémula inquietud:

—Vea patrón, que la cosa está fiera... ahura comprendo... y yo... yo no lo tengo más que a usté... a usté que es pa mí como un padre...

El patrón levanta los ojos, malicioso y dice sonriente:

—¿Y qué más querés, zonzo? —mas, al notar enseguida que al hombre se le han llenado los ojos de lágrimas y que sus labios tiemblan en un balbucir de llanto, el patrón agrega con viril, y quizá conmovido acento—: ¡Oh!... ¡Bah! ¡no seas pavo, hijo!... ¿No te digo que puedes estar tranquilo?... ¿O es que crees que cuando yo prometo una cosa la prometo al p...? ¡Qué j...!

—No, patrón, ya sé...

—¿Y entonces, pués?

—Yo, decía, nomás...

—Bueno; no hay por qué decir pavadas...

Cómo debe de ser el trastorno emocional en que le deja su ex patrón al despedirse, que al cruzar el patio, y cuando el encargado de su custodia le pregunta intrigado:

—"¡Diga che! ¿Quién es ese que lo ha visitao tan largo y pu qué le dan aquí tanto corte?" —el pobre mozo sólo atina a contestar entre los hipos de llanto:

—¡Cállese amigo! ¡Es mi padre! ¡Es mi padre!...

Año 1928

DEBILITAS

Tiempos viejos. Campos que fueron de don Juan Nonell, cuando Guido se llamaba Vecino y cuando el cañadón del mismo nombre solía desbordarse y cortar el camino entre Dolores y Maipú.

A la derecha, la laguna de "Las Barrancas" y a la izquierda los bañados del Hinojal.

Son las nueve de la noche y llueve desde la puesta del sol, con un viento arrachado que hace estremecer el rancho y cuya voz poderosa llega a cubrir a veces el formidable croar de las ranas.

HEREÑÚ (*que perseguido por un remolino de viento y lluvia entra de nuevo en el rancho y cierra la puerta con un gran golpe, a López y Varela, sus amigos y huéspedes, que desde sus respectivos catres de lona alzan ansiosamente las cabezas*): ¡Nada! No tiene tabaco.

VARELA (*un rubicundo cenceño y nervioso apretándose las mandíbulas y retorciéndose en el lecho como si le hubieran hundido un cuchillo en el estómago*): ¡Oh! ¡Caramba! Y ahora, ¿qué hago?

LÓPEZ (*un muchachón moreno que pese a su aspecto apaisanado no sabe nada de campo, a Hereñú que se está quitando a la luz del candil el poncho mojado por la lluvia*): ¿Es posible, ché? ¿Ni cigarrillos, ni tabaco siquiera?

HEREÑÚ: ¡Nada! Dice que el último que tenía te lo dio a vos esta mañana en el corral.

LÓPEZ: ¿A mí?

HEREÑÚ: ¡Así lo dijo!

VARELA (*frágil como una damisela pero con unos ojos azules en los que fulgura la violencia*): ¡Si yo hubiera sabido, la gran perra!

LÓPEZ: Yo te lo dije en Guido: "No te olvidés de los cigarrillos"...

VARELA: ¡Y me olvidé acaso! Diez paquetes compré, para que sepás...

LÓPEZ: ¿Y dónde están?

VARELA: ¿"Dónde están"? Me los fumé ¡qué jorobar! Me los fumé como vos a los tuyos, convidé con ellos a éste, a los peones y a medio mundo, porque nunca pude imaginar que íbamos a tener que quedarnos aquí más de dos días y mucho menos que en estos pantanos de miércoles no hubiera dónde comprar tabaco, ¡qué jorobar!

HEREÑÚ (*baqueano del pago y tan ducho ya en lides de trabajo como en las de las privaciones sin cuento, desde el oscuro en donde se dispone a acostarse*): ¡No! ¡Como haber hay, pero queda tan retirado que no vale la pena...!

VARELA: ¡Cómo! ¿Por qué no vale la pena?

HEREÑÚ (*después de sonreír a la vehemencia del mozo*): Porque el tabaco más cercano que tenemos, está en la pulpería de Ramos, a unas seis leguas de aquí, pero seis leguas que por causa del agua en el campo vienen a ser como doce en cualquier otra parte y ahora, si sigue la lluvia como veinte o treinta...

VARELA: ¡Oh! ¡Dejá de macaniar!

HEREÑÚ: La pura verdad m'hijito... ¿No ves que no se puede galopar y sí ahogarse en cualquier cañadón, porque hasta los albardones suelen ponerse a nado?

VARELA (*volviendo a alzar bruscamente de la almohada la rubia y rizada cabecita*): ¡Ah, ah! ¿Quiere decir entonces que si sigue lloviendo un mes nos vamos a estar aquí sin fumar? ¡Estás fresco vos!

HEREÑÚ: Aunque no siga lloviendo che, con esta agua basta ya para que quizá no podamos fumar en muchos días...

VARELA: ¡Cómo! ¿Por qué?

HEREÑÚ (*mientras el otro le mira estupefacto con los ojos azules muy abiertos)*: ¡Claro! Se desborda aquí el Hinojal, el paso de la boca de la laguna se pone a nado y más allá el Vecino te corta la calle real... ¿Por dónde vas a pasar? ¡Ah, ah! Aquí, amigo, se vive como dicen, la mitad del año con el agua a la rodilla y la otra mitad al tronco de la cola... ¡Ah, ah! Así como en otros pagos la falta de agua es una calamidad, aquí la calamidad es el agua; este exceso de agua que te pudre el pasto, el recado y las botas, que en cuanto te descuidas te ahoga las ovejas... ¡Ah, ah!

LÓPEZ *(que hasta entonces ha escuchado en silencio, con un leve dejo de ironía en la voz engolada)*: ¡Está bueno! Pero, decime una cosa "ñato": ¿Cuándo estás solo y se te acaban los cigarrillos, qué hacés?

HEREÑÚ *(riendo)*: ¡Y! No hago nada... ¿Qué quieres que haga? ¡Embromarme!

LÓPEZ: ¿No fumás?

HEREÑÚ: Y claro que no! ¿O crees que voy a perder un día o hacérselo perder a un peón para ir a buscar tabaco? ¡No m'hijito! Yo fumo cuando tengo y cuando se me acaba espero la oportunidad para conseguirlo: una semana, un mes o lo que sea necesario... como Uds. comprenderán no es posible que el que tiene que trabajar en estas soledades se deje dominar por estas debilidades... Por otra parte, yo creo que todo es cuestión de voluntad y de aguantarse...

VARELA *(volviéndose bruscamente en su catre)*: ¡Calláte! ¡Yo no me aguanto ni un día! ¡Me volvería loco, te lo juro!...

LÓPEZ *(riendo)*: Yo tampoco... Una vez me hice el propósito de dejar el cigarrillo y apenas alcancé a soportar dos horas... ¡A propósito! ¿Estás seguro de que no habrá por ahí algún tabaquito escondido aunque sea de ese de curar ovejas?

HEREÑÚ: Seguro, segurísimo... Miren: la primera vez que me vi aquí sin cigarrillos, hará de esto dos años, también creí que iba a volverme loco... fumador como Uds. de tres o cuatro paquetes diarios, a las cuarenta y ocho horas de privación absoluta habría cambiado el agua y la comida por el pucho del cigarrillo más hediondo... ¡Ah, ah! era inquietud física y a la vez ansiedad... Por ocupado que estuviese en el trabajo, vagaba mi pensamiento revisando todos los rincones del rancho, los muebles y las ropas, en la esperanza de encontrar algún cigarrillo olvidado; a cada rato mi mano, en un movimiento mecánico, buscaba el paquete en el bolsillo; hasta llegué en más de una ocasión a presentarme un fósforo encendido, ¡ah, ah!... Fumé pasto, papel de diario; padecí insomnios a pesar de la enorme fatiga que me abrumaba y hasta llegué a soñar que fumaba con tal sensación de verdad que al despertar me asombraba de no hallar un cigarrillo entre los dedos y hasta llegué a buscarlo por el suelo...

LÓPEZ: ¿Y?

HEREÑÚ: Pero como no me volví loco, vino a resultar que ya me había tranquilizado bastante, cuando un pasajero me convidó, por fin, con un cigarrillo... ¡Ah, ah! Les juro que al encenderlo me temblaban las manos de la emoción y de la angurria.

VARELA *(muy grave)*: ¡Ah, claro!

HEREÑÚ: ¡Paráte! ¡Ahora verán! Pero resultó que apenas le hube dado un par de chupadas, con toda el alma, tuve un desencanto enorme.

VARELA: ¿Cómo? ¿Por qué?

HEREÑÚ: Aquello no era tabaco ché, aquello era un yuyo desconocido y de un sabor tan desagradable que concluí por tirar el cigarrillo sin acabarlo.

VARELA: ¡Eh! ¡Bárbaro! ¿Y por qué?

HEREÑÚ: Ya te lo he dicho: porque aquello no era tabaco; era una cosa desconocida y repugnante.

LÓPEZ: ¿Quién sabe que te dio el gaucho?

HEREÑÚ: Y... tabaco nomás; un cigarrillo de la misma marca que yo venía fumando desde años atrás y que fumo todavía... ¡cuando tengo!...

VARELA *(de nuevo alborotado)*: Vas a desconocer el gusto del tabaco porque dejes de fumar un día.

HEREÑÚ: No fue un día, fueron muchos, quizá veinte y te digo la pura verdad; aquello no era tabaco ni bueno ni malo, era otra cosa, una porquería...

López *(después de suspirar profundamente con un dejo de melancolía)*: Traeme una de esas porquerías y te prometo fumármelo de dos chupadas, y si lo quieres, hasta tragarme ese pucho... ¿No tendrás por ahí algún poquito de tabaco, aunque sea de ese para curar ovejas?

Hereñú: ¡Qué esperanza! Si hubiera tenido ya me lo hubiera fumado a pesar del kerosene... cuando Uds. llegaron ya llevaba quince días de abstinencia...

López: ¡Qué raro que los peones no tengan! ¿no?

Hereñú: No creas, es lo común no tener por aquí, por las distancias, por la dificultad de las comunicaciones y después que el gaucho no está tan enviciado como nosotros, o mejor dicho, como Uds., la gente de las ciudades. Casi todos los paisanos fuman, pero muy moderadamente, primero, por escasez de tabaco y después porque arman el cigarrillo y esto, aunque no haya que picar previamente, requiere tiempo. Ellos dicen por ejemplo en un momento de descanso: "¿quiere que pitemos?" y nosotros, mejor dicho Uds., con la facilidad del cigarrillo armado que ya se está generalizando tanto, le metemos uno tras otro antes del trabajo y en el trabajo, y después, y a toda hora...

Varela: ¡Ahora sobre todo!

Hereñú: ¿Ya ves? Desde anoche hasta hoy te hubieras fumado tres o cuatro paquetes si los hubieras tenido, y ya ves: ¡tan tranquilo!

Varela: Sos muy gracioso.

Hereñú: ¡Claro pues!

López *(tras un compás de silencio)*: ¡A la miércoles, cómo llueve!

Varela *(a López)*: Lo que es mañana, llueva o no llueva yo he de conseguir cigarrillos...

López: ¿Por qué?

Hereñú: ¿Pero no oyes cómo llueve?

LÓPEZ *(prestando atención)*: Es cierto ché... ¡pa los patos!

HEREÑÚ *(con voz somnolienta):* ¡Con tal de que no tengamos que sacar otra vez las ovejas!

VARELA: ¿Las ovejas? ¿Y por qué?

HEREÑÚ: Si crece mucho el agua, se ahogan...

VARELA: ¡Oy! *(a López)*. ¿Has oído che; dice éste que se pueden ahogar las ovejas? ¿Estás dormido?

LÓPEZ *(dando un violento tumbo en la cama para cambiar de postura)*: ¡Qué miércoles voy a dormir!

HEREÑÚ: ¿Pulgas, che? No saben el trabajo... los perros, los perros...

VARELA *(a López, una vez que calcula que el dueño de casa ya se ha dormido)*: Yo no sé qué pensará hacer éste; pero lo que es yo mañana mismo encuentro tabaco, y ahora mismo voy a hacer un cigarrillo de ese papel del paquete de la sal...

LÓPEZ: ¡Por qué no lo haces con té, es mucho mejor!

VARELA *(abandonando su catre)*: ¡Qué diablo sos! ¿Dónde está el té?

LÓPEZ: ¡Ah! Es cierto...

Debe estar amaneciendo, pero el interior del rancho continúa tan oscuro como antes y la lluvia torrencial sigue desplomándose sobre su techo estremecido por el viento con sordo rumor de correntada.

Duerme el dueño de casa, duerme López también rendido por un cansancio único, y el que vela haciendo sonar isocronamente su naricilla resfriada es Varela, que no ha podido cerrar los ojos en toda una noche para él interminable.

UNA VOZ AFUERA: ¡Patrón! ¡Patrón! ¡Oiga! ¡Recuerdesé!

HEREÑÚ *(dándose vuelta en la cama, pero sin despertarse)*: ¡Hum!

LA VOZ AFUERA *(esta vez apoyada por dos o tres golpes enégicos de rebenque sobre la puerta del rancho)*: ¡Patrón!

HEREÑÚ *(incorporándose con sobresalto)*: ¡Eh!

LA VOZ AFUERA: ¡Patrón! ¡Patrón!

HEREÑÚ *(abandonando el catre y apresurándose a abrir la puerta a alguien que está afuera y cuya negra silueta deformada por el poncho se recorta sobre la cortina de la lluvia)*: ¿Qué hay! ¡Ah! ¡Sos vos! ¿Qué pasa Zoilo? ¿Las ovejas?...

LA VOZ DEL PEÓN *(que Varela oye mal desde su cama)*: ¿Qué las?... ¡albardones!... ¡muy juerte!...

HEREÑÚ: ¡Bueno! Voy enseguida... Los caballos...

LA VOZ *(que se aleja)*: ¡Los caballos!

HEREÑÚ: ¡Eso es! ¡Eso es!

VARELA *(a Hereñú que dejó la puerta entornada y se está calzando las botas entre resoplidos de fuerza)*: ¿Qué pasa?

HEREÑÚ *(después de un instante como extrañado)*: ¿Eh? ¡Ah! Es que viene el agua y tenemos que sacar las ovejas... ¡la gran perra!

VARELA: ¿Podemos ayudarte?

HEREÑÚ: ¡No, quédense aquí mejor!... Veremos en todo caso luego...

LÓPEZ *(a quien despierta el portazo que ha dado Hereñú, al salir del rancho bajo el viento y la lluvia)*: ¡Che, Pedro!

VARELA: ¡No está! Acaba de irse... Parece que se desborda no sé qué y hay que sacar las ovejas de no sé dónde...

LÓPEZ: ¡Oh! ¡Lo que él temía! Y nosotros qué hacemos aquí... vamos...

VARELA: ¡Ya me ofrecí yo y no quiso!...

LÓPEZ: ¡Y qué van a hacer! ¿Oyes cómo llueve?

VARELA: No ha parado en toda la noche... Yo no he podido dormir ni un minuto... ¡y te juro que no sé qué va a ser de mí!

LÓPEZ *(que sentado en su catre se viste precipitadamente)*: ¿Cómo, por qué? ¿Qué pasa?

VARELA: ¡Y los cigarrillos! ¿No tenemos cigarrillos?

LÓPEZ: ¡Oh! ¡Qué jorobar! Pensé que hablabas de la inundación. ¿Vos crees que no llegará hasta acá?

VARELA *(sombrío e incisivo)*: A mí de la inundación se me importa una m..., ¡lo que me importa es no tener qué fumar!

Continúa lloviendo torrencialmente, por todas partes el campo "blanquea" de agua y Varela que se ha quedado sólo en "las casas", desde la puerta del rancho y al amparo del alero, contempla aquel espectáculo que no vio nunca antes, pero cuya gris monotonía contribuye a aumentar su depresión moral y física, agobiándole la espalda como la de un viejecillo.

Un jinete *(que semiborrado por las densas cortinas del aguacero hace arrimar su caballo al cerco de alambre)*: ¿Güen día, don? Manda decir el patrón que a ver si le manda la llave que debe estar ahí dentro...

Varela *(que apenas reconoce en aquel ponchazo que chorrea agua a Zoilo, uno de los peones de la estancia)*: ¿Qué llave?

El peón: ¡La llave inglesa!... p'abrir el alambrau "dice".

Varela: ¡Ah! ¡Bueno! (entrando y volviendo a salir del rancho con la herramienta). ¿Ésta?

El peón *(alargando una mano para tomarla)*: ¡Ah, ah!

Varela: ¿Sacan las ovejas, no?

El peón: ¡Ah, ah!... ¡ya comenzaban a nadar hoy cuando llegamos! *(mirando con intención a Varela)*: A su compañero, el morocho, se le cayó el caballo y se ha puesto de agua y barro hasta los ojos... ¡Usté sí que sabe hacerla linda!

Varela: ¿Yo? ¿Por qué?

El peón: ¿Y no se quedó en las casas? sin salir a mojarse al cuhete..., ¡ah, ah!

Varela: Pedro me dijo que no hacía falta, además estoy de a pie...

El peón *(disponiéndose a partir)*: ¡Ah, ah!

Varela: ¡Ché! ¿no tendría un cigarrillo por casualidad?, ¿no consiguieron tabaco ustedes?

El peón *(volviendo su caballo y alzándose de hombros)*: ¡De ande! *(después de haber puesto el caballo al galope y volviendo la cabeza)*: ¡Si quiere dir p'ayá, ahí tiene la tropilla del patrón en el corral!

Oscurece sobre la desolación del campo blanco de agua y la

lluvia, una fría lluvia que ahora ha amainado un tanto, cuando Hereñú, por fin de regreso, hace entrar su caballo en el pequeño patio y desmonta pesadamente a la puerta del rancho.

El mozo está pálido y tiembla bajo el poncho, tan mojado como el apero y como el caballo, en tanto con manos amoratadas comienza a desensillar y a aflojar la cincha.

UNA VOZ (*varonil e irritada proveniente del cercano corral de los caballos*): ¡Eh! ¡Mancarrón de...! ¡Hijo de una tal por cual!

LA VOZ DE LÓPEZ (*que regresó mucho antes acobardado por la mojadura y el cansancio, alzándose doliente en el interior del rancho*): ¿Sos vos, Pedro?

HEREÑÚ (*desatando el cinchón tan ablandado por el agua que parece una tripa de cuero*): ¡Sí che!

LÓPEZ: ¡Ah! ¿Sigue lloviendo, che?

HEREÑÚ: ¡Algo... sí!

LÓPEZ: ¡Qué barbaridad! ¡Yo me acosté! ¡No podía más de frío!

HEREÑÚ: ¿Encendiste fuego?

LÓPEZ: ¡No, ché!

HEREÑÚ: ¡Ta que sos diablo!

LÓPEZ (*que no le oyó*): ¡Che! ¿Y, Varelita?

HEREÑÚ (*bajando bruscamente las manos del recado y volviendo su cara hacia la puerta*): ¿Cómo? ¿Qué decís?

LA VOZ DE LÓPEZ: Aquí no estaban che, cuando vine... ni él, ni el recado... yo creía...

HEREÑÚ (*dándose una gran palmada en la frente*): ¡La gran perra! (*volviéndose al corral*): ¡Gregorio!

LA VOZ DE GREGORIO: ¡Mande!

HEREÑÚ: ¡No desensille que hay que salir al campo! (*volviendo a ajustar la cincha con manos febriles*). ¡Ta que los! ¡Imbéciles!

GREGORIO (*que se acerca arrastrando los pies y cuyo rostro apenas se distingue entre el matorral de la barba inculta y el sombrero achaparrado por la lluvia*): ¿Cómo dice?

HEREÑÚ: Que no desensille que tenemos que volver a salir al campo...

GREGORIO (*extrañado*): ¿Al campo?
HEREÑÚ: ¡Sí! Hay que buscar a uno de los forasteros, que debe haberse perdido, ¿qué caballo falta de la tropilla?
GREGORIO: ¡Y! El petizo tormenta...
HEREÑÚ: ¡No ve! (al gaucho). ¡Bueno! Vaya ligerito... vaya, que enseguida salimos.
GREGORIO (*sin moverse y después de echar una mirada de disgusto al campo y a aquel cielo plúmbeo en donde a ratos retumba un trueno*): ¿Y qué vamos a hacer en el campo, patrón?
HEREÑÚ: ¡A buscar ese mozo, ya le he dicho!
GREGORIO: Vea que ya comienza a llover juerte otra vez y que toditos los pa...
HEREÑÚ (*interrumpiéndole con violencia*): ¡Basta! ¡No le pregunto nada y muevasé de una vez!
GREGORIO (*girando sobre sus pies para marcharse*): ¡Sin comer y todo mojao!
HEREÑÚ (*que no alcanza a oír lo que dijo*): ¿Qué? ¿Qué está hablando?
GREGORIO (*volviendo la cabeza*): ¡Nada! (*al proseguir su camino con voz tan baja como enconada*): ¡Ta, con los cajetillas de m...!
LA VOZ DE LÓPEZ (*a Hereñú*): ¿Lo encontraron, che?
HEREÑÚ (*echando hacia atrás las haldas de su poncho empapado para tomar el estribo*): ¡Ahora, vamos a ver!
LA VOZ DE LÓPEZ (*que no oyó bien la respuesta*): ¿Te pregunto si lo encontraron a Varelita?
HEREÑÚ (*a quien en ese momento atrae vivamente el rumor de un galopar chapaleante que se acerca a las casas*): ¡Chist! ¡A ver! ¡Callaáte! ¡Ah, Zoilo!
ZOILO (*cuyo lobuno charcón peinado por el agua recuerda el cuerpo de una rata ahogada, sofrenado el caballo junto al cerco y a grandes voces*): ¡No hay paso por ningún lao! ¡El de la laguna ya está a nado y viene todavía más agua del lao del Hinojal!
HEREÑÚ (*acercándosele con el caballo del cabestro*): ¡Oiga! ¡Zoilo!
ZOILO (*siempre a gritos y que no oye porque la lluvia le azota la ca-*

ra): ¡El petizo tormenta e su tropilla! Allá por la laguna... desensillao pero arrastrando las riendas.
HEREÑÚ: ¿El petizo, dice?
ZOILO: ¡Ah, ah!
Mas como en ese mismo instante se descarga un formidable aguacero, no puede oír Hereñú la respuesta. Tan sólo ve el movimiento afirmativo de la cabeza del gaucho y éste el de los brazos de su patrón que, cubiertos por el poncho de paño azul, se alzan y se abaten como dos alas...

Año 1935

¡Por su madre!

¡POR SU MADRE!

Mal montado y herido de una lanzada en el pescuezo, aquel hombre pálido cerraba la retaguardia de la fuga.

Los indios habían sorprendido la descubierta, allá, del otro lado del monte y ahora se venían sobre el rastro como una banda de perros cimarrones.

El campo desolado parecía un mar sin orillas y la horda abierta en dos alas, un pájaro siniestro que volara al ras de la tierra.

Para aliviar su caballo, un tordillo charcón, que se alargaba gimiendo bajo el rigor de la espuela, el gaucho había tirado ya el poncho, la tercerola y el sable, pero a medida que sus compañeros se distanciaban del enemigo, él en cambio perdía terreno y veía con espanto al volver la cara, cómo de la masa aquella, rumorosa y bárbara, se iban destacando jinetes para apurarle "en lo limpio".

Sin embargo castigaba, seguía castigando maquinalmente, inútilmente, aquel caballo inservible, que iba a entregarle indefenso al enemigo y que corría a saltos, tropezando en las matas de puna. Es que ya sólo eran la desesperación y el instinto lo que aún seguía huyendo sobre aquel caballo inútil, a través de la llanura infinita.

La indiada ganaba terreno veloz como el viento. Al llegar "al limpio", un capitanejo desató las boleadoras. El fugitivo se volvió para mirarle, con la pupila extraviada: el indio montaba un picazo lucero cuya piel espejeaba bajo el sol de la tarde. Entonces volvió a castigar desesperadamente. En su cara lívida, el polvo se mezclaba con el sudor de la angustia. De pronto el tordillo se detuvo coceando entre corcovos: Un tiro de bolas, largo y certero, acababa de manearle las patas...

En medio de la polvareda y del vocerío de la indiada que llegaba a rienda suelta, con un sordo tabletear de trueno, el hombre trató de deslizarse del recado, pero un lanzazo feroz lo echó de bruces al suelo, allí, entre el remolino de las chuzas y las patas de los caballos que sofrenados bruscamente, araban el terreno.

—¡Wincá, wincá, sarnoso! –gritaban por todas partes.

El capitanejo del "picazo lucero", desmontó con el cuchillo en la mano.

—Délo güelta –dijo un cautivo rubio picado de viruelas–, pero el indio no le hizo caso y poniendo un pie sobre la espalda del caído le alzó la cabeza por la greña:

—¡Wincá, sarnoso!...

Entonces el hombre pálido con los ojos azules llenos de tierra, no pudo más y gimió a través de los labios exangües, la humana cobardía del último recurso:

—¡Por su madre, señor, no me degüelle!

Pero, el "señor" aquel, que lucía un quepis de soldado, descolorido y roto, se lo echó sonriente hacia la nuca y tornando a levantar muy despacio la cabeza del caído, le degolló de una manera magistral con su cuchillo...

...Cuando el indio repechó el médano, así, "en toda la furia" y sin tocar tan sólo con el rebenque el "picazo lucero" que montaba, sus perseguidores se miraron con desaliento y con rabia. Le habían corrido por espacio de dos leguas, turnándose para atropellarle en los retazos de campo bueno, pero sin ningún resultado. Aquel pingo debía tener a "mandinga" en los garrones y sólo así se explicaba que su dueño se hubiese aventurado en forma tan audaz en el peligro.

—Corre como un guanaco –dijo uno, mirando el torbellino de polvo que levantaba el animal sobre el repecho, y otro añadió con fastidio: —¡Qué diablo! Es al ñudo; ¡ya agarró el cuesta abajo! Pero el sargento, un viejo cenceño y torvo, sin dejar de espolear su lobuno grandote, empapado en sudor y cubierto de espuma, les gritó con voz ronca: —¡No, sigan nomás, que quiero ver p'ande agarra! –y seguido de los cinco milicos echó su caballo cuesta arriba. Las patas se hundían en la arena del médano hasta los jarretes y los animales avanzaban a saltos entre gemidos de esfuerzo.

Cuando repecharon la cumbre, no vieron nada al principio, pero enseguida, y cuando el sargento comenzaba ya a mascullar un rezongo, un espectáculo inesperado les llenó de sorpresa. El fugitivo, que sin duda debió pegar una rodada espantosa, estaba allí, tendido en la falda del médano, medio sepultado entre la arena y su caballo picazo, con una "mano" rota, y el recado torcido, arrastraba las riendas por el suelo... —¡Ahijuna, caíste sarnoso! Y al decir esto, el sargento, con la daga en la mano, trataba de remover al caído con la bota. El indio abrió los ojos retintos, los ojos chúcaros, agrandados por un espanto colérico de fiera acorralada. Se veía bien que al recobrar los sentidos se daba cuenta cabal de todo el horror de aquella situación sin salida. Tenía un brazo roto y quizás una pierna dislocada.

El sargento le tomó la mandíbula para descubrirle el pescuezo: —¡Encomendate a Dios, si sabés!

El talerazo

Pálido, trasnochado y con la misma indumentaria que vestía horas antes cuando abandonó la partida de "poker" para embarcarse en el primer tren mañanero, Avelino Rohan desciende del largo convoy polvoriento y, bajo la luz deslumbradora del sol, se dirige apresuradamente en procura del jefe de aquella modesta estación ferroviaria, semiperdida en la inmensidad de los campos.

—Buenos días, jefe. Tengo esta carta del doctor Eliseo Elisea, para usted...

—¡Ah, muy bien! –Y el jefe, un mocetón corpulento, después de tomar la carta y de enterarse de su contenido, agrega con una sonrisa–: Tanto gusto, señor. Estoy completamente a sus órdenes. ¿En qué puedo servirlo?...

—Muchas gracias. –Y bajo aquel sol de fuego que le abraza las carnes a través del pañete de su terno gris impecable y arranca chispazos al brillante de su alfiler de corbata, Avelino se apresura a concretar su deseo–: Vea jefe: como le dirá ahí el doctor Elisea, vengo a tasar Las Tosquitas, el campo ese de la sucesión Muticua, que queda muy cerca de aquí, según me han informado...

—Sí, señor, unas tres leguas.

—Eso es, y yo desearía, jefe, que si fuera posible tuviese la amabilidad de hacerme proporcionar un caballo ensillado, y, además, un hombre baquiano para que me acompañe en el viaje y en la recorrida...

—¡Cómo no, señor, con el mayor gusto! —se apresura a contestar el jefe de la estación, más enseguida parece vacilar, y paseando una nueva mirada sobre la elegante figura de su interlocutor insinúa suavemente—: Vea señor, yo tengo un caballo muy bueno, que le prestaría con mucho gusto, pero no sé si usted...

Avelino sonríe al oírle:

—¿Que si soy de a caballo?... ¡Oh, pierda cuidado, jefe!... Me he criado en el campo... No se deje impresionar por mi aspecto pueblerino... es que salí tan apurado de la capital que ni siquiera tuve tiempo para cambiarme...

—¡Ah, muy bien entonces!... ¡Encantado!... ¿Unos "breeches", unas botas?...

—No, jefe, no; muchas gracias...

Y mientras Avelino sonríe mentalmente al pensar cómo le quedarían unas botas y unos "breeches" de aquel hombretón, el jefe vuelve la cara para gritar con energía:

—¡A ver!... ¡Torregusa!... ¡Deje eso y ensille enseguida un tostado, aquí para el señor!...

—Ta bien.

Pero, a tiempo en que el peón abandona la carretilla cargada de basuras que empujaba a lo largo del andén, el jefe vuelve a llamarlo con su voz poderosa:

—¡Oiga!...

—¡Mande!...

—¿Estará ahí, todavía en el boliche, el paisano ese que viene del lao de Elizondo?...

—¿Cabrera?... ¡Ah, ah!... ¡Sí, señor, áhi ta!...

—¡Muy bien!... ¿Quiere molestarse, señor, para que lo hablemos?...

—Cómo no, jefe...

Y mientras caminan hacia el negocio, Avelino, que por centésima vez se acomoda debajo del saco entallado cierto enorme revólver que a última hora se empeñó en prestarle Cosme Aguilera, agrega con calor:

—¡No se imagina cuánto le agradezco, jefe, sus atenciones y diligencias!...

—¡Oh!... No es nada, tengo mucho gusto...

—Fíjese que debo estar de vuelta con tiempo para tomar el tren que viene de afuera a las...

—Seis y catorce...

—Eso es...

En el boliche –cuyo aspecto es aún muy semejante al de las antiguas pulperías– aparte del patrón (un italiano sumamente grueso y bigotudo), tan sólo se ve a un paisano alto, de rala barba negra, apoyado en el mostrador con ese desgaire y abandono característicos del gaucho verdadero, vale decir, un codo sobre la tabla y el cuerpo torcido sobre sí mismo, para poder presentar el frente a los que lleguen.

—Buenos días.

—Güenos...

—¿Usted es Cabrera, verdad?...

—¡Ah, ah!...

Y el gaucho, rectificando su postura se yergue lentamente y pasea una mirada escrutadora sobre Avelino, su indumentaria ciudadana y aquel prendedor de su corbata.

El jefe de la estación vuelve a hablar:

—Vea, Cabrera: el señor aquí, tiene que salir ahora mismo para revisar el campo ese de los Muticuas –Las Tosquitas creo que se llama– y que usted conoce...

—¡Ah, ah!... Pero ese campo está solo, no hay naides.

—Ya sé, no importa –se apresura a responder el jefe; pero cuando se dispone a continuar su explicación, le interrumpe Avelino para concretar al gaucho sus propósitos:

—Se trata de una tasación... ¿sabe?... Tengo que revisar y tasar el campo ese y quisiera saber si usted puede llevarme hasta allá.

El paisano vuelve a mirar el rutilante alfiler de corbata de Avelino, el piso del boliche, el patio inundado de sol, y por último dice como con desgano:

—Asigún.
—¿Asigún qué?... No le entiendo...
—Digo lo que me va a pagar por la changa, porque yo vivo de mi trabajo y...
—¡Ah, claro!... ¡Cómo no!... ¿Cuánto quiere?...
—Y, usté sabrá...
—No sé... ¿Cinco pesos, le parece?...
—Y, güeno...
—¡Muy bien, entonces!... ¿Tiene caballo?...
—¡Ah, ah!...
—¡Bueno, vamos prontito, que estoy apurado!
—Vamo.

Deben ser como las cinco de la tarde, cuando después de haber pasado la siesta en uno de los puestos de una estancia vecina, Avelino y su acompañante vuelven a entrar por un portillo de alambrado en el suelo, en el campo de Las Tosquitas. Se han retrasado más de la cuenta y, el mozo, con ardor de quemadura en la cara a causa del aire y del sol, y en las pantorrillas, como consecuencia de aquel sudor de caballo infiltrado al través de las piernas del pantalón, no ve la hora de emprender el regreso. Está muy desentrenado por largos años de vida urbana y, además, el campo ya no tiene para él ni el sabor ni los atractivos de los viejos tiempos...

—¿Hay alguna otra aguada?...
—¡Ah, ah!... –Y el gaucho, siempre lacónico y retobado, añade señalando hacia un punto con la barbilla–: El jagüel aquel, allá en el bajo...
—¡Ah!... Muy bien –aprueba Avelino–. ¡Vamos prontito, que se hace tarde!...

Cuando, tras de galopar algunas cuadras, llegan a la aguada, Avelino se apresura a desmontar y observa aquel gran jagüel abandonado sin manga, balde, ni aparato alguno, que muestra su cuadrángulo de quietas aguas, casi cubiertas por completo por la lama viscosa con su tornasolado manto de esmeralda y de grana.

—¿Es buena el agua?...

—Así dicen...

—Voy a probarla...

Y al pasar por delante del caballo del gaucho para arrodillarse cuidadosamente y meter una mano en el agua, Avelino, no ve, no puede ver, la nueva mirada de brutal concupiscencia que su compañero acaba de echar sobre el precioso alfiler de su corbata...

—Es muy buena —afirma Avelino alzándose y después de haber probado el agua en el índice diestro y con la punta de la lengua—: ¡Muy buena!...

El gaucho que está mirando hacia lo lejos, guarda silencio y Avelino, como alarmado de pronto, saca su hermoso reloj de oro, recuerdo de su padre, y después de echarle una ojeada dice nerviosamente a su acompañante:

—¡Oh, vea!... ¡Las cinco y cinco ya!... ¡Tenemos que apurarnos para alcanzar el tren!...

—¡Ah, ah!...

Y tras una furtiva ojeada hacia el disco deslumbrante del sol, el gaucho mueve muy despacio su caballo y lo aproxima a Avelino que, dándole la espalda, pisa el estribo y que en ese mismo momento se promete con un grato escarbajeo de emoción en los plexos:

—La veré a Lucy esta noche y le llevaré el...

¡Zist!...

Algo alevoso, brutal, homicida, acaba de pasar silbando como una bala junto a su oído, y aun cuando sea la primera vez que el mozo experimenta prueba semejante, ni por un segundo duda de que acaban de errarle un talerazo lanzado a todo vuelo del que han querido derrumbarle muerto como a una bestia cualquiera, y, cuando sin quitar el pie del estribo se decide a volver la cara lentamente, puede ver que el gaucho está allí, rígido e inmóvil sobre el caballo, con una como sonrisa cínica en los labios y una palidez de muerte en el semblante. Después transcurren largos segundos de inacción y de silencio angustiosos: Avelino contempla al paisano con dolorosa expresión de mudo reproche, y éste le mira a él, muy pálido siempre y con los ojos centelleantes como los de una alimaña brava soprendida en el fondo de su cueva.

Por fin, Avelino suspira hondamente, baja la vista, se destose y después de montar a caballo, sin precaución alguna, ordena al paisano con un acento que quiere ser enérgico:

—¡Siga!... ¡Siga adelante!...

Y por espacio de más de una hora, Avelino y su acompañante galopan largo, sin dar un resuello y cortando campo. El mozo ya no teme un nuevo ataque, pero no aparta los ojos de la espalda del gaucho, que no ha vuelto ni una vez la cara y cuyo blanco pañuelo aletea sobre su hombro derecho como un ala.

—¡Qué miserable, qué canalla!...

Como lo hubiera dejado seco de un tiro o por lo menos le hubiera pegado unos rebencazos... Él no sería nunca capaz de nada semejante... Pero... ¡Qué asesino!... ¿No?... ¿Tendrá que denunciarlo, verdad?... Sí... ¿Pero en qué pruebas podrá fundar su acusación?...

No... lo único que conseguiría sería ponerse en ridículo y aparecer como un cobarde... Pero... ¡Qué barbaridad!... ¿No?... A la sazón ya le parece un sueño que haga un rato apenas, que él, Avelino Rohan... ¡Caramba!... Una vez vio en un desfiladero de la cordillera de los Andes un pequeño túmulo de piedras coronado por una tosca cruz de madera emblanquecida por la intemperie... "¿Y eso?"... —Es la sepultura de un inglesito –le explicaron entonces con naturalidad– un inglesito, un tal Perrins, a quien asesinó su guía, por la espalda, cuando iban caminando los dos solos por esta huella...

El tren "para adentro" está ya detenido ante el andén de la modesta estación ferroviaria y su poderosa y enorme locomotora con los purgadores abiertos lo llena todo de ruidos y de vapores. Avelino apura su caballo y a gran galope alcanza y pasa a su acompañante, que ha sujetado el suyo y ambos hombres se dirigen, mutuamente, una honda mirada de desconfianza y de odio... Segundos después, Avelino, que acaba de desmontar en el patio del boliche y que muy nervioso busca con los ojos a quien entregar el caballo prestado, oye con sobresalto el tañido de la campana y el agudo silbato del pito del jefe de la estación, dando salida al tren.

—¡A la pucha!...

Y, abandonando suelto al tostado, que resuella agitadamente, Avelino echa a correr con toda la velocidad que le permiten sus envaradas piernas y, al saltar al estribo de uno de los coches del largo convoy que ya rueda, grita al jefe con voz sofocada:

—¡Ahí le dejo, ahí le dejo el caballo!... ¡Gracias jefe!...

CRUDELITAS

—Pero... ¡qué horror! ¡Qué atrocidad, hombre!

—¡Y así era sin embargo, mujer! El asta nacía torcida y su agudo extremo apuntaba al ojo de la vaca, se iba acercando a éste, en virtud del natural proceso de crecimiento, hasta rozar las pestañas, hasta tocar los párpados, hasta ulcerarlos, perforar la córnea y hundirse por fin en las profundidades de la órbita.

—¡Qué barbaridad! ¿Y por qué no le cortaban el cuerno? ¡caramba!

—¡Oh! había muchísimas vacas por aquel entonces y muy poca gente para atenderlas.

—Sí, pero...

—¡Ah!, ¡Ah! ¿Y las fracturas? ¿Qué me cuenta de aquellos dramas horrendos de las fracturas? Un animal se "quebraba feo", vale decir, sufría, pongamos por ejemplo, una de esas graves fracturas de fémur que tan sólo la alta ciencia veterinaria podría reducir y curar en una clínica provista de todos los recursos, y, ya fuera el animal toro, vaca o novillo, o lo que fuera, desde el momento en que quedó echado en el campo, comenzaba para él el largo e inútil martirio que sólo habría de terminar con la muerte. Primero: dolor y miedo, aquel dolor lancinante de su carne y aquel miedo salvaje de verse abandonado de los suyos, impotente para huir, para defenderse de los enemigos que su instinto adivinaba por todas partes; después, siempre y, además del dolor, la sed y el hambre, en un "crescendo" infernal hasta la hora del aniquilamiento absoluto y definitivo.

—¡Ah! viera Ud. qué conmovedor resultaba oírles a veces bramar apagadamente y en el silencio grave de los campos. Se diría que, abandonados por la naturaleza, llamaban a Dios en las ansias de su desesperación infinita.

—¡Qué bárbaros!

—¿Quiénes, señora?

—¡Y! Los hombres. ¿Por qué no les daban de beber, por lo menos? ¿Cómo podían presenciar impasibles semejante tortura?

—Por lo común no las presenciaban, las presumían tan sólo, y, además que, como ya le dije antes, los animales eran muchos en esos tiempos, y muy pocos los hombres...

—Sí, pero...

—¿Imagínese Ud. cinco mil vacunos ordinarios en cinco leguas de campo y tres o cuatro hombres para atenderlos, sin instalaciones de aguas corrientes, ni automóviles, ni teléfono, ni radio?

—Ud. se ríe, pero a mí me resultan gauchos de una crueldad y salvajismo repugnantes.

—¿Por qué? Fíjese que en aquellas soledades sin médicos, sin boticas y sin asistencias públicas, los hombres solían hallarse con frecuencia en la misma situación que los animales. Y, por ejemplo, encontré una vez a uno de ellos en un rancho, sentado en un banquito y que, habiendo sufrido una fractura de tibia días antes, no había podido hacerse, en su aislamiento y falta de recursos, otro remedio que el frotarse con ceniza la parte afectada repitiendo como una cantinela: ¡Sana, marrana, colita de rana! ¡Si no sana hoy, sanará mañana!

—¡Oh! ¡no diga!

—¡Se lo juro!...

—La naturaleza es cruel, ya lo sé pero...

—¡Permítame! La naturaleza es cruel, pero, según todo lo que yo he podido observar en la vida ruda de los campos, el hombre no le iba en zaga, sobre todo en lo que al maltrato de las bestias se refiere. ¡Mire: Yo creo que si el dolor que por espacio de siglos han arrancado los gauchos de los nervios de los millones de bestias sometidas a su dominio, pudiera convertirse en algo así como humo negro, como un fluido, el mundo estaría envuelto en una atmósfera de tinieblas tan densas que Ud. no podría ver el sol, ni las estrellas, ni nada!

—¡Está bueno!

—¡Palabra de honor! El gaucho de escasa sensibilidad, como todas las gentes incultas de la tierra, ha ejercitado en los animales, por ignorancia, por enojo, interés, comodidad, pereza o cobardía, todas las formas de la crueldad imaginables.

—Es cierto, yo vi una vez en la estancia de mi tío a un hombre que le pegaba latigazos a unos caballos...

—¡Bah! Eso no es nada...

—Espere, he visto también ensillar a otro caballo que tenía la espalda lastimada por la montura.

—¡Bah! ¡Ésas son tortas y pan pintado!

—¿Pero si tenía las llagas así, en carne viva? ¡Le juro!

—No digo que no, pero ésas son insignificancias comparadas con las crueldades que yo me vi y a las cuales me refiero...

—¡Insignificancias! ¡No quisiera verlo con la espalda como la tenía aquel caballo!

—Ya sé que es Ud. muy buena y por lo mismo menos querría verme; entonces vi'a tomar de cualquiera de esos mil y un tormentos a que la crueldad de los hombres sabía someter a las bestias en la vida bárbara de los viejos campos y como ya le dije antes, unas veces por ignorancia, otras por comodidad, y las más por enojo o cobardía. ¿Ud. nunca ha padecido tortícolis?

—Y ¿a qué viene eso? ¡Claro que sí!

—¿Y qué tal le pareció?

—¡Caramba! ¡Vaya con la pregunta! Me pareció muy mal, me pareció algo atrozmente doloroso...

—¡Muy bien! Creo que entonces podrá hacerse una idea aunque remotísima de lo que debe ser el tormento que voy a describirle... ¿Ud. ha visto domar potros alguna vez?

—¡Claro que he visto! ¡Cómo corren y saltan y cómo les pegan!

—¡Justamente! ¡Veo que Ud. sabe observar! ¡Cómo les pegan! Ésa es la impresión que saca el que ve domar por primera vez: una azotaina loca por la cabeza para aturdir al animal y ventajiarlo... Después, y ya cansado, el potro tambaléase, aquellos bárbaros tirones a una y otra rienda y por último, un buen par de ellos hacia atrás con las dos juntas, hasta hacerle "repicar la jeta", como dicen ellos, en su torpe lenguaje.

—¡Ay! ¿y no duele?

—Imagínese. En la boca el fuerte tiento de cuero crudo y retorcido que constituye el bocado, ceñido a todo ceñir en la mandíbula inferior, sobre la mucosa de los "asientos".

—¿Qué son los asientos? No sé...

—Son las diastenias, vale decir, esos espacios libres de dientes entre los caninos y las muelas o entre los incisivos y las mismas cuando el animal es muy joven... ¿comprende?

—Sí, sí... ¿Nosotros, los humanos, no tenemos eso, verdad?

—¡Por Dios señora! ¡Imagínese lo bien que quedaría al sonreír enseñar esos portillos!

—¡Bueno, siga, siga!

—Prosigo: pues, le decía, sobre esa atadura ensangrentada el domador valiente y hábil da los acompasados, pero brutales tirones que enseñarán al caballo por el dolor a dejarse manejar por la boca toda su vida.

—¡Qué bárbaros!

—¿Le parece?... Pero todavía hay otros procedimientos, por si le agrada...

—¡Caramba!

—¡Sí, señora! ¿Entendió bien cómo va atado el bocado a la mandíbula inferior y cómo actúa sobre el esfuerzo de las riendas?

—Sí, sí, ¡cómo no!

—Bien, algunas veces esos tirones de la boca se hacían, por comodidad o cobardía, estando el potro maneado y tendido en el corral, vale decir, antes de montarlo y aun de ensillarlo. Un hombre se montaba sobre el cuerpo yacente del animal y desde esa posición tiraba de una u otra rienda con todas sus fuerzas.
—¡Qué brutos!
—O bien se ataban las riendas a un lazo y se hacía arrastrar al animal de la mandíbula por otro caballo que tiraba a la cincha...
—¡Oy!
—¡Espere! O mejor aún, se ataban las riendas a la manea que trababa las patas del potro para que este animal, al cocear salvajemente en el suelo, se "ablandara" la boca por sí mismo con los brutales tirones que imprimían a aquélla sus propias patadas.
—¡Uf! ¡Qué horror! ¡Qué miserables!
—¿Le parece?
—Sí, me parece una brutalidad, un salvajismo.
—Bueno; pasemos entonces a lo de la "tortícolis"... ¿Ud. sabe lo que es palenquear un potro?
—Yo no...
—Bueno, enseguida lo va a saber: palenquear un potro es atarlo a un poste después de darle el primer galope a fin de que el animal "afloje el cogote", vale decir, aprenda por la enseñanza de crueles padecimientos físicos a seguir a las personas a donde quieran llevarlo a la menor tensión del cabestro o de las riendas. Como podrá Ud. suponer, apenas atado en el palenque, el salvaje animal lo primero que trata es de escaparse, de ganar el campo que supone su salvación y al efecto, después de unos cuantos tirones brutales y si no se descogota, como no puede arrancar el poste ni cortar el formidable maneador que lo sujeta al mismo, concluye por echarse hacia atrás sobre la unión del axis con el atlas y así permanece hasta la mañana siguiente, en que el domador, después de ensillarlo de nuevo, de propinarle

una nueva azotaina y otros buenos tirones de rienda sobre la mucosa que ciñe el bocado, le pone un tosco bozal de cuero y lo acollara con la yegua de la tropilla, una gran yegua, mansa y pescuecera como ella sola... ¿Ud. padeció de tortícolis alguna vez?

—Ya le dije que sí...

—Bueno, entonces, imagínese cómo tendrá el cogote el pobre potro que se pasó la noche separándose el axis del atlas con sus cuatrocientos kilos.

—¡Ay! ¡verdad!

—¿Comprende? El pobre bicho no está ni para ser tocado ni con un dedo y, sin embargo, enloquecido de miedo, sediento y debilitado tiene que aguantar a que la yegua, en su cruel inconsciencia de ídem, lo lleve de acá para allá, y que por horas y más horas lo obligue a bajar, a levantar o a torcer bruscamente la cabeza, cada vez que ella con toda grosería mueve la suya, para comer o para curiosear o para espantarse los tábanos.

—¡Qué barbaridad! ¿no?

—¡Ha visto! Escuche: Si yo le contara, pasando por alto otras muchas crueldades que no pueden referirse sin ofender los pudores de una señora, ¡si yo se lo contara! ¡Ah! ¡Ah!...

—¿Qué?

—Sería cuestión de no acabar nunca. Vea: ¿qué haría Ud., por ejemplo, si un novillo rebelde al que hubiera que llevar a alguna parte se echara, después de enlazarlo, en el suelo y una vez echado se negase a levantarse?

—¿Yo?... no sé... ¿qué quiere que sepa?

—¡Piense! ¿qué podrían hacer para conseguir que se incorporase?... comprende Ud.: La tropa sigue marchando y aquel "señor" colérico o cansado, enfermo o mañero se niega a levantarse? ¡Ah, ah!

—¿Y? Se diría cualquier cosa... Se gritaría, por ejemplo: ¡Vamos! ¡arriba! ¡chito! ¡toro!

—¡He dicho novillo!

—¡Ay, qué zonza! ¡Bueno! ¡Chito! ¡novillo!
—¡Estaría fresca! Sería como si se lo dijera a la pared.
—Le pegaría...
—No le hace caso...
—Le pegaría más fuerte...
—Como si le pegara a la "Torre de los ingleses"...
—No sé, entonces...
—Bueno, ahora va a saberlo: Mientras su compañero el enlazador mira la escena impávido Ud. se inclina sobre su caballo y tomando su gran talero por la lonja, comienza a castigar con bríos el cuerpo del novillo, mas como enseguida se da cuenta de que, si bien sus golpes hacen resonar como un bombo las costillas de la bestia, ésta continúa impertérrita sin hacer el menor movimiento, Ud., impaciente, cierra las piernas a su caballo y lo hace pisotear al caído, cuyas costillas vuelven a retumbar sordamente bajo el poderoso batanear de los cascos.
—¡Oh!
—¡Nada! Y el novillo bruto y porfiado, ¡como si tal cosa! Entonces Ud., ya bastante enojadita, se deja resbalar del montado, que se espanta de sus bruscas maneras, y después de arreglarse un poco el chiripá y de envolverse en la diestra la lonja del talero, descarga sobre el novillo, a todo trapo, una verdadera lluvia de golpes, ora sordos, ora retumbantes, mientras masculla las más "piores palabras"...
—¡Eh!
—¿Qué? ¡Le juro que es cierto! Y como el novillo ni se mueve, entonces Ud., cada vez más furiosa, lo pincha violentamente por todo el cuerpo con las grandes rodajas de sus nazarenas de fierro; le da con el cabo del talero terribles porrazos en las astas y en los huesos nasales, cuya elasticidad hace rebotar el rebenque; pero... ¡nada tampoco! El novillo apenas si agita un poco la cabeza como para espantarse las moscas, mientras un hilillo de sangre le brota de las narices... El compañero impacientado le grita: —"¡Quebrale la cola, pué!"

Entonces Ud., tras de echarse el sombrero a la nuca de un manotón y de arreglarse con otro el chiripá, toma con las dos manos la cola del novillo por la parte más débil, y la dobla en arco y con lento y acompasado esfuerzo, se la disloca con un crujido leve...

—¡Eh! ¡qué atrocidad!

—¡Espere!... Nosotros no tenemos cola, pero podemos imaginar muy bien qué deberá ser aquello. Al sentir el tremendo dolor el novillo hace un movimiento como para levantarse, pero, enseguida y después de alargar el hocico y sacudir las orejas, vuelve a inmovilizarse en el sitio, firme y silencioso, como un bloque errático colorado, barcino u overo negro...

—¡Quebraselá otra vez! –grita entonces su compañero el enlazador–. ¡Quebraselá más arriba, pue!

—Entonces Ud., cada vez más furiosa, volviendo a tomar el rabo del pobre animal, trata esta vez de quebrarlo en el tercio superior, mas, como allí son más gruesas las vértebras y más poderosos los ligamentos resulta que Ud. al principio no puede con sus solas manos y entonces, roja de cólera, apoya sobre él las rodillas y carga todo su peso hasta que el novillo comienza a lanzar un mugido lúgubre y apagado, que va llenando poco a poco el ambiente, como ocurre con las sirenas de los grandes barcos... Pero, ¡no hay caso! El novillo continúa echado, agitando los flancos como un fuelle e hilando por sus fosas nasales la sangre de la hemorragia que Ud. le provocó con sus tremendos talerazos en el hocico...

—¿Yo? ¡Caramba! ¡Ay, que zonza!

—¡Espere! Entonces se allega, en gran galope y proveniente del arreo que ha sido detenido cuadras más allá, el capataz del mismo, un mocetón pardo y picado de viruelas; sofrena su caballo y le pregunta de mal modo:

—¡Qué hay!

—¡Y, ya lo vé! –contesta Ud. displicente–. Se ha emperrao...

—¡Ah! ¡Ah! ¡Juera güey! –Y el capataz después de hacer ma-

notear de nuevo al novillo con su flete, un blanco palomo de rienda, todavía empapado en sudor mugriento y con la barriga y los sobacos...
—¡Oh!
—¡Perdón! y con la barriga y las "aisielles" ensangrentadas por la espuela, desprende el lazo y revoleando por la zapa comienza a descargar sobre el novillo tremendos argollazos; mas, como pronto se convence de la inutilidad de aquel castigo, tras un segundo de vacilación le pregunta a Ud. con ceño:
—¿Le quebraron la cola?
—¡Ah!, ¡Ah! –se limita a contestarle Ud. fijando sus negros ojos, con expresión rencorosa, en el pobre animal que no quiere o no puede levantarse y entonces el capataz colocando la armada de su lazo sobre las astas ya encerradas por el otro lazo, decide ejecutivo:
—¡Bueno! "Vamo a arrastrarlo entonce"...
—¿Y, eso?
—Es que al sentirse arrastrado por los dos lazos, vale decir por los dos caballos, porque uno solo no podría, los animales rebeldes suelen incorporarse. Si no lo hacen resulta inútil todo esfuerzo, porque caen de costado y no es posible arrastrarlos largas distancias... ¿comprende?... Bueno, como le decía, el capataz prende también su lazo de las astas del novillo, los dos jinetes emparejan sus cabalgaduras, los dos lazos se estiran en el esfuerzo común, como dos cuerdas de guitarra y, arrancando al animal de su asiento, comienzan a arrastrarlo, echado como está, más a los pocos metros, el novillo se tumba de costado, arando la tierra con un asta y resoplando como un fuelle. Entonces el capataz tiene una reacción furiosa y allegándose al galope, desmonta de un salto de su blanco palomo, que al sentir en el suelo el tintineo de las grandes espuelas, vuelca miedoso hacia el ruido las orejas y le esquiva instintivamente su cuerpo hacia atrás, hecho un arco y estremecido de temblores.
—¡Yo te viá dar, hijo de una...! Y al igual que Ud., pero no ya

como Ud. con un simple talero, sino con su formidable arreador, con el cabo de hierro, se pone a golpear al caído, ferozmente, a cuerpearlo, hasta cansarse el brazo, hasta que el sudor le corre a raudales por la cara cetrina y variolosa...

—¡Qué atrocidad!

—¡Espere! Entonces el capataz despechado y colérico, tras algunos segundos de vacilación empleados en rascarse la cabeza por debajo del ala del sombrero, le ordena a Ud. con su voz atiplada de mulato:

—¡A ver! ¡Vaya hasta ahí nomás y traigasé un poco de paja seca! ¡ligerito!

—Y Ud., contenta como si su marido le hubiera traído un abono para la temporada del Colón, y dejando a su tostado con las riendas caídas "a lo indio" corre diligente con sus combadas piernecitas de domador ingénito, hacia la...

—¡Avise! Yo no tengo las piernas torcidas...

—Es verdad... perdone... Corre Ud. con sus perfectas y maravillosas piernas, hasta el borde "del limpio" para volver enseguida con su gran carga de pasto blanco.

—¡A ver!

Y el capataz, ejecutivo, después de apoderarse bruscamente de aquel montón de paja voladora, la distribuye y coloca hábilmente en las verijas... ¡perdón!... quise decir, en el bajo vientre o en la entrepierna del animal... ¿me comprende?

—...

—Bueno, como le decía, el capataz distribuye la paja como corresponde y después de tantearse el tirador ordena autoritario:

—¡Un jósjoro! ¡A ver, un jósjoro!...

—Y Ud., joven, pletórica de vida, que no ha sufrido, que siente la emulación del gaucho veterano y que, además, está enojada también contra el estúpido novillo, se apresura a entregarle sus fósforos, una caja de fósforos mugrienta, aplastada, medio deshecha de tanto estar en los bol...

—¡Caramba!
—¿Qué?
—Muy amable... eso de mugrienta...
—¡Ah! perdóneme, pero es que debo sacrificarla en beneficio de la propiedad ambiente del relato... ¿me comprende?
—...
—Bueno, como le decía, Ud. le entrega al capataz su caja de fósforos, tres o cuatro apenas, torcidos y ruines y blancuzcos y el gaucho, haciendo reparo con las manos, consigue poner fuego a la paja con el primero o el último de ellos.
—¿Cómo? ¿Lo queman?
—¡Espere!... Lo primero que se advierte es un humillo blanquísimo que borra de golpe un manotón de viento, pero, enseguida, aquel humo blanco se agranda y se estría de negro y después juntamente con un brillar de llamas y el hedor característico de pelo quemado, se ve al novillo patalear y alzar la cabeza como si fuera a incorporarse...
—¡Qué bárbaros! ¡qué brutos!
—¡Cállese! Cocea el novillo como le digo y el capataz, que ha montado de un salto, Ud. que tiene su chunzo del cabestro, anima al animal con grandes gritos:
—¡Vamo güey! ¡Juera güey!
—Algunas veces el novillo lograba incorporarse y entonces, así, con las entrepiernas y la barriga chamuscadas, era llevado a dos lazos abiertos, mientras Ud. lo pechaba en el anca con su caballo, pero en cambio otras veces, sin levantarse, corneaba y bramaba inútilmente su martirio, hasta que se consumía toda la paja... Entonces el capataz mandaba desprender los lazos y, alzándose de hombros resignado a abandonarlo:
—¡Güeno! qué le vamo a hacer... Debe de estar quebrado de alguna parte...
—Y Ud., juventud, alzándose un poquito el chiripá para pasar los estribos, apoyaba con su voz menuda:
—...

—¡Ah!, ¡ah! A lo mejor...
—...
—¿Qué?
—Me parece que Ud. exagera. Mire que yo he estado en el campo y nunca vi ninguna de las atrocidades que Ud. cuenta.
—¡Qué gracia! Su campo no es el mío, así como el mío no fue tampoco el de muchos años antes y por lo tanto infinitamente más bárbaro. Ud. comprenderá que su tío, que tiene en los galpones de su estancia media docena de toros finos, entre ellos un segundo premio Shorthorn de la Exposición del 33, no va a permitir que los peones les rompan las falsas costillas a pedradas, se las machaquen a argollazos o les pongan antiparras, pero...
—¿Qué son antiparras?
—Es otro de los procedimientos cruelmente expeditivos que se usaban en los viejos campos. Vea: cuando en un arreo de hacienda vacuna iba algún toro molestando o toruno peleador...
—Perdone... ¿qué es un toruno? Dice el Viejo Vizcacha en el *Martín Fierro*... Espere... a ver si me acuerdo, ¡ah!... "que te lo dice un toruno" ¿qué es un toruno? nunca he podido saberlo.
—¡Y! Toruno es un toro defectuoso... ¿cómo le diré? Vea: es como un toro a quien le falta un cuerno...
—Fíjese que Hernández lo aplica como jactancia de mérito y no como un defecto...
—Ya sé; pero es un error, un error al que obligó al poeta la tiranía del consonante. ¿No ve que "toro" no rima con "uno" como "toruno"?
—...
—¿Comprendió? Bueno, no importa: Pues, como le decía, cuando un toro o toruno bravo molestaba demasiado en un arreo, con las peleas que armaba a cada rato, entonces se lo enlazaba, se lo volteaba y se le hacían antiparras...
—¿Qué eran?
—Ahora verá; a filo de cuchillo y en un santiamén se le des-

prendían dos colgajos del cuero de la frente, los que al pender ante los ojos del animal, le obstaculizaban la visión y lo inhabilitaban para seguir molestando.
—¡Qué crueldad! ¿No?
—¿Ud. habrá observado, quizá, lo sensibles que son los equinos en lo que se refiere a las orejas?
—Es cierto... No les gusta que se las toquen.
—¡Justamente!... Bueno, cuando en un arreo de yeguas van padrillos... ¿Ud. sabe lo que es un padrillo?
—Claro que sé. No me suponga tan ignorante.
—¡Magnífico! Entonces, sabrá también que los padrillos, al igual que los hombres, son malos, peleadores, celosos, egoístas, polígamos y podrá imáginar lo que significa la presencia de varios de ellos en un arreo de yeguas en que se han mezclado otras tantas manadas: corren, relinchan, se pelean, quieren separar a sus odaliscas en masa y hasta apoderarse de otras que no les pertenecen, aprovechándose del desorden... ¡Ah!, ¡ah! pero el hombre, siempre tan severo, ejecutivo y práctico cuando se trata del dolor o de la vida ajena, al punto halla el remedio.
—"¡A ver vos!" –ordena el capataz, enojado, a uno de los peones–. ¡A ver vos! ¡Enlazáme ese oscuro de una vez!

El oscuro, en medio de un sordo bataneo de patas, de agrios gañidos, castañetear de tarascadas, se está peleando en ese momento con otro padrillo moro "porrudo". Es un magnífico animal oscuro. Su piel parece de negro terciopelo luciente, las crines le caen hasta el codillo, el copete hasta la quijada y la enorme cola apelmazada, en su parte media, por los abrojos y carretillas, casi le arrastra por el suelo. Pero, en el mismo instante en que, arregañados los albos dientes, se alza de manos sobre su adversario, silba la armada del lazo del peón y se le ciñe al arrogante pescuezo, con una precisión matemática.

El padrillo sorprendido, casi se va de lomo y quiere disparar, más, como un tirón brutal del lazo lo vuelve de frente, se encabrita, da saltos, manotea hacia lo alto y por último, cargando todo su peso sobre el lazo, comienza a estrangularse resollando estertorosamente.

Entonces Ud., que sin que nadie se lo mandase, ha desmontado de su caballo y desprendido su lazo del apero, revolea una gran armada y aprovechando un salto del padrillo, lo piala y echando a verija... ¡perdone! y apoyando en la cadera, lo hace tumbarse de lomo sobre el suelo entre una nube de polvo.

—¡Manieló y atelé las orejas! –le ordena el capataz y Ud., siempre diligente y que sabe su oficio, "ahí nomás" le toma con su lazo las dos manos y las patas y con un buen par de tirones, las junta y se las manea. Después se dirige, un poco vacilante, hacia su caballo, pero, a mitad de camino, un compañero la detiene:

—¿No tenés? ¡Tomá, pué! –E inclinándose sobre el recado le alarga un pedazo de tiento de vaca muy oscuro y sobado.

—¡Ah, ah! –se limita a decir Ud. con el laconismo propio del paisano y de vuelta junto al caído, saca su cuchillo de cabo amarillo y marca "Cocodrilo" –si mal no recuerdo– corta el tiento en dos partes iguales y luego les da saliva pasándolos por turno repetidas veces por la boca.

—¡Oh!

—¡Palabra de honor! Los humedece abundantemente con saliva y luego, pisando el pescuezo del caído, se inclina sobre su fiera cabeza abatida y ata con un tiento cada oreja, allí mismo donde nacen, y ceñido a todo ceñir, con esa presteza y fuerza –casi siempre de más y nunca de menos– con que atan siempre los marineros y los gauchos.

Y cuando terminada su tarea, Ud. hace levantar al padrillo, de un puntapié o un lazazo, el vigoroso y soberbio animal ya no es ni como la sombra del mismo. Aquel torcedor infernal que Ud. tan sabiamente le ha puesto en lo que tiene de más sensible un equino, le ha quebrantado a tal punto, por el dolor, que ya no puede hacer otra cosa que seguir a la cola del arreo como idiotizado y trotando o galopando con la cabeza muy baja, mientras Ud. satisfecha y en medio del tropel en la gran polvadera, espolea su montado y revoleando airosa el rebenque, grita con voz gutural:

—"¡Juera yegua! ¡juera! ¡jú, jú, jú, jú!" ¿Qué le parece?

—Me parece que presenta a nuestros gauchos de una manera bastante antipática. Yo siempre oí decir que eran cariñosos con los animales, con los caballos sobre todo...

—Sí, con los de ellos, y eso si andan derechos y por sus condiciones excepcionales satisfacen plenamente sus exigencias de trabajadores del campo y su orgullo de jinetes...

—¡Está bueno! ¿Quiere decir entonces que sus gauchos han sido los hombres más crueles del mundo en su trato para con los animales?

—No señora, "mis gauchos" no han sido los "más crueles" sino completamente "tan crueles" como fueron los hombres semibárbaros de todos los pueblos de la tierra que vivieron y lucharon en donde las bestias abundaban. La crueldad no ha sido patrimonio exclusivo de nuestros gauchos. Al igual que ellos la han ejercitado los campesinos de todos los países de las tres Américas en el uso y abuso de las bestias y como han sabido destacarlo los escritores. ¿Ha leído Ud. *Mancebos*, la vieja y encantadora novela del colombiano Eugenio Díaz?

—No...

—¿Y *La vorágine* y *Doña Bárbara*?

—Tampoco.

—Léalas y verá cómo las gastaban en su trato para con los animales "los gauchos" de "aquellos pagos". ¡Ah, ah! Hasta si le place buscar por snobismo, buscar lejos de lo nuestro, lea la descripción que hace en uno de sus libros Guido da Verona, el famoso novelista galante, a propósito de la crueldad atroz de los caravaneros para con los pobres camellos que transportan turistas a La Meca.

—¡Qué cosa! ¿no?

—Sí señora. La crueldad por todas partes, esa mala entraña, el pequeño y atrevido ser que aunque apenas tenga un punto más de inteligencia que los animales, los agarra, los domina y los explota y casi siempre sin medida, hasta el último extremo de sus energías, por más poderosas que sean, ¿Ud. no vio nunca películas en que se muestra el trabajo de los elefantes en la explotación de maderas en un bosque africano?...

—No.

—Pues yo sí, y de toda la vista lo que me llamó más la atención no fue, por cierto, la importancia de la selva virgen o la habilidad que lucían los grandes paquidermos entregados a su tarea de remover rollizos enormes; lo que me admiró y me sugirió mil reflexiones fue el estado de miseria física en que se hallaban los pobres animales, exhaustos al último extremo como lo demostraban sus orejas desgarradas por los ganchos de los "cornacs" y su estado de flacura y aniquilamiento...

Yo nunca hubiera imaginado que los pequeños hombres, explotadores en el trabajo hasta la destrucción de los caballos, de los camellos, de los bueyes, de las mulas y de los asnos pudieran llegar en su atrevimiento a hacer igual cosa con la bestia más grande y poderosa, que, después de la ballena, subsiste aún en este mundo. Imagínese Ud. una veintena de elefantes flacos, enseñar las costillas al través de la piel y salpicados de "mataduras" como aquellos últimos mancarrones típicos que transportaban los correos, cables, lanas, cereales, en invierno por los pantanosos caminos porteños, que aún no conducen a balnearios. ¡Ah, ah! !Yo estoy seguro que la mayoría de los espectadores de aquel "film" no reparaban en el detalle más interesante de todo:

¡Ah! ¡El minúsculo bípedo cree, aprovechador y loguero, que si no puede tiranizar a sus semejantes, porque "no le da el cuero", probando sus fuerzas en todos los peldaños de la escala zoológica, hasta conformarse, en último alarde, con martirizar a un insecto!

Imagínese Ud. a un manso elefante en el último grado de flacura, arrodillándose sumiso bajo la amenaza del gancho del cornac, un monito oscuro a horcajadas sobre la enorme cabeza, arrodillándose así ante un escuadrado rollizo de madera dura de muchos metros de largo, para levantarlo con el esfuerzo de su trompa. El pobre animal, diligente, toma el enorme madero, mas en el momento mismo en que va a incorporarse, éste se le zafa y vuelve a caer en el suelo.

Entonces, aguijado por el gancho del cornac, insiste, tembloroso, apurado, una y diez veces hasta que consigue su propósito, con un esfuerzo desesperado que acusa como maromas los músculos y tendones de sus flacas piernas y el varillaje de las costillas. Se ve que el peso de la madera está calculado por la crueldad y la sordidez del hombre, al máximo esfuerzo que pueda realizar el noble animal reuniendo todas sus energías...

—¡De veras! ¿No?

—¡Claro! Por lo general, y como ocurría con la esclavitud humana de otros tiempos, el hombre no se contenta con usar, sino que abusa y destruye a los animales domésticos con tanta y mayor crueldad y despreocupación cuanto más abundan en el medio en que vive.

—¿Y a qué se debe eso?

—Yo no sé... Así en general me parece que debe ser cuestión de educación y ambiente, pero, con mucha frecuencia, me asaltan las dudas. Yo me digo, por ejemplo: son gentes ignorantes, gentes nacidas y criadas en un medio semisalvaje, pero es muy probable que, sacadas de ese ambiente, a la vez que se ilustran se harían más sensibles. Y para confirmar la teoría, traigo a mi memoria el recuerdo de un hecho que presencié una vez y que aboga elocuentemente en favor de la cultura y buenos sentimientos de la muchedumbre urbana:

Una fiesta hípico–gauchesca en un hipódromo, ante las tribunas atestadas de gente, varios paisanos, jinetes de distintos lugares de la provincia, ejecutando con gran aplauso del público las más variadas proezas y, como es de uso, las pruebas se realizaban en la misma pista del hipódromo; enlazadas, jineteadas en pelo, cambio de caballos, con los animales lanzados a toda la fuerza.

En cierto momento advertí que un gran perro picazo overo, que andaba jugueteando entre hombres y caballos, constituía un verdadero peligro porque podía ocurrir que se lo llevaran por delante y lo mismo, sin duda, debían pensar los paisanos que allí estaban porque enseguida trataron de echarlo con el característico grito de: —¡"Juera perro"!

Pero el animal, cuyo dueño estaría sin duda entre el público que llenaba el hipódromo, no hizo caso y, siempre juguetón y entremetido, continuó sus andanzas.

De pronto un potro que disparaba bellaqueando, casi se enredó en él con grave riesgo para el jinete, lo que motivó nuevos gritos y amagos de rebencazos por parte de los paisanos: —¡Juera, perro! ¡juera!–. Mas el perro volvió a penetrar en la pista y a los pocos minutos a propiciar de nuevo otro accidente.

Entonces, fastidiado ya, uno de los pialadores, un hombretón moreno, revoleó la armada y lo enlazó por el pescuezo.

Yo adiviné al punto la intención del gaucho, pero el gran público, tan espontáneo y rápido en sus manifestaciones colectivas, estalló en aplausos y risas al ver la gracia y la justeza del tiro. No se imaginaba, por cierto, que al igual que había hecho muchas veces en el campo, el gaucho lo que se proponía era ahorcar con su lazo aquel perro vago que estaba haciendo "apeligrar" a la gente que corría... ¡Ah, ah! pero cuando el hombre, después de cobrar lazo hasta la zapa, alzó al perro y con esfuerzo comenzó a revolearlo lentamente en torno de su cuerpo, oyera Ud. el instantáneo y máximo estallido de la horrorizada y colérica reacción del público. Fue un grito retumbante y ajustado como el estruendo de una salva de fusilería, fue como si la sensibilidad de todos los miles de hombres allí reunidos, se hubiera acordado bajo una batuta en aquel ¡Eh! formidable que se elevó en el espacio como una tromba.

Después hubo insultos, silbidos, agentes de policía que entraban a la pista y salvaban al perro, mientras el hombrazo, entre sorprendido, avergonzado y mohino, iba a recostarse en un poste.

La masa pública urbana, pese al buen número de "nenes" que, como Ud. supondrá, contendría indudablemente, le había dado una buena lección de cultura y de buenos sentimientos, una lección que quizás él no llegó a comprender nunca, pero que de cualquier modo honraba a la multitud, como honran a todas las glorias de la patria.

Es posible, también, que si le hubiesen interrogado al gaucho... ¿Ud. no se acuerda? ¿Qué se va a acordar? Era muy chica todavía...

—¿Qué? ¿De qué?

—Una anécdota de la gran guerra que apareció en algún diario por aquel entonces... Vea: los ingleses estaban trayendo tropas indígenas a Francia y unos regimientos de lanceros de Bengala esperaban destino en París acampados en el hipódromo de los alrededores. Una noche un par de esos lanceros indios, hombres de gran temperamento amatorio, cometieron un reprobable atentado contra otro par de graciosas "midinettes" que yo no sé lo que andarían haciendo por tan peligroso sitio y como es natural, "Britannia", militar, severa y galante, previo un sumario consejo de guerra, los hizo fusilar como a dos tortolitos. ¿Y sabe Ud. lo que adujeron en su defensa, antes de ser condenados y con expresión de asombro aquellos dos mocetones de faz cobriza y ojos renegridos?

—"¿Pero... no estamos en guerra?" Como Ud. ve, una pregunta ingenua, pero llena de sugerencias para el que se tome el trabajo de estudiarla.

—¡Está bueno!

—Pues yo creo firmemente que si se hubiera interrogado al

gaucho del perro picazo overo respecto a su conducta, hubiese podido repetir glosando el dicho de los lanceros de Bengala:

—"¿Pero... no estamos aquí gaucheando?"...

—Es verdad... yo creo que, como Ud. dijo muy bien antes, todo es cuestión de educación y el medio en que se vive y que por eso las gentes cultas...

—Perdone, pero recuerde que yo le dije también, que con frecuencia me asaltaban dudas...

—¿Qué dudas?

—La duda que si la crueldad con los animales es fruto de los ambientes semibárbaros, de la ignorancia e inconsciencia de los hombres que viven en ellos...

—¡Caramba! ¿No lo probó recientemente en ese ejemplo del gaucho y del perro?

—Creo que no...

—¿Cómo que no? ¿Por qué?

—Porque también suelen ser crueles con los animales las gentes cultas, instruidas, refinadas...

—¡Oh! ¡qué disparate! Aquí nadie maltrata a los animales, nadie comete crueldades con ellos...

—¿Que no?

—¡Claro que no! ¡A ver! Atrévase a hacerle una herejía en público a algún animal y verá cómo enseguida lo llevan a la comisaría.

—Lo creo: yo conozco un vigilante que le daba unas palizas a su mujer que tenían alborotado a todo el barrio. Sin embargo cuando algún vecino hacía lo mismo con la suya, corría lleno de celo a imponer su autoridad.

—¡Y hacía muy bien!

—¡Claro! Hacía lo que hace tanta gente culta: "Yo sí, tú no". ¿Verdad?

—¡Palabra, que no entiendo!

—Trataré de ser más claro entonces: ¿Ve Ud. a su prima, la gordita?

—Sí, ¿qué tiene?
—...con esos "breeches" blancos que la hacen más gorda todavía...
—Sinvergüenza... ¡cállase!
—¿Debe pesar como noventa kilos?
—¡No sé!
—Bueno, más o menos... Dígame ahora, ¿cuántas veces ha hecho saltar barreras al tobianito, cuántas la ha echado al suelo sin conseguirlo y cómo sigue entusiasmada con el vigoroso ejercicio?
—¿Y qué tiene de raro? Querrá aprender...
—Bien, es una aspiración muy justa, pero, ¿dígame otra cosa?
—Dígole...
—¿No oyó desde acá cómo resuella el mancarroncito después de cada corrida?
—Sí, es que se agita...
—No. Resuella así porque es un animal enfermo.
—¿Cómo enfermó? ¿Tan gordito?
—Sí señora. Es un caballo asmático, un caballo roncador o "mormoso" como dirían los gauchos. El pobre tiene un mal progresivo e incurable que no lo deja respirar bien, que lo sofoca, que lo llena de angustia cada vez que Rita, con sus noventa, sus "breeches" y sus polainas de bandido de la Sierra Morena, lo corre y le hace pegar una sentada, sin duda para demostrarle a Cupri, el festejante, con qué fuerte brazo sabrá sofrenarlo por si acaso llega a ser su marido.
—Ud. dice de gusto...
—¿Qué? ¿Lo del mando?
—No: lo de la enfermedad del caballo.
—¿De gusto? Si estuviéramos más cerca oiríamos perfectamente cómo redobla desesperado el corazón del tobianito. Si el pobre fuera una persona y no un mancarrón, ahora estaría en cama, sentado, con almohadas a la espalda, para respirar mejor y con el médico a la cabecera escribiendo una receta.
—¡Mentira! ¡No diga! ¡Rita! ¡Oye!

—Sí, ya la va a oír ahora precisamente que ha vuelto a tomar distancia y que todos la jalean...
—¡Rita! ¡Rita!
—No se fatigue inútilmente. Rita lo que quiere ahora es saltar bien el obstáculo. Probarle al Capitán Spada, que su caballo es tan bueno por lo menos como el suyo. Se encuentra en la misma situación de espíritu que estaba el gaucho aquel que se galopó con el montado hasta las "mesmas chacras de Peguajó" mientras el compañero mudó dos de su tropilla.
—Ella no sabe...
—Sabe. Yo se lo dije el domingo pasado y se limitó a decirme:
—¿No diga?... También lo sabe el Capitán Spada, el gordito Crotti, ése que es veterinario, la señora Redowichi, que además es asmática como el tobiano.
—¡Oy!
—Y sin embargo, con toda su cultura, tan crueles e indiferentes para el sufrimiento de los animales como los gauchos, como los camelleros, como los cornacs que manejan elefantes. Imagínese ¿si a la señora Redowichi que está allí, muy cómodamente sentada, con sus bombachas uruguayas y haciéndose aire con el casco de explorador inglés, Ud. se le montara en la espalda y le diera un par de riendas y otro par de sentadas? ¡Ah, ah!
—Es una excepción aquí esa crueldad de mi prima, suponiendo que su caballo esté enfermo, pero allá en el campo y según Ud. mismo lo contó, todas sus crueldades...
—Es verdad, pero piense que la crueldad de aquéllos todavía tiene un atenuante y ésta en cambio ninguno...
—No entiendo...
—Tenga "pacencia", señora, como le dijo una vez un gaucho a una pobre mujer que había perdido tres hijos. Tenga "pacencia", señora, que anda con la suerte en contra y la "disgracia" a favor... Allá, la mayoría de las crueldades se cometen por necesidad o por apuro o por ignorancia o por interés de lucro, mientras que aquí por diversión simplemente.

—Mi prima, ¡qué sabe la pobre!
—Sabe y el pobre es el tobianito, que ronca mientras ella se divierte...
—De cualquier modo es un caso de excepción.
—¡Excepción! ¡Está Ud. fresca como una rosa perlada de rocío!
—¡Ay! ¡qué cursi! ¿por qué?
—Bueno, está fresca como un huevo recién puesto por la gallina. ¿Y dígame, Ud. pescó alguna vez?
—¿Qué?
—Y, lo que es posible de pescar aparte de un marido o de un resfrío, vale decir peces.
—Yo no...
—¿Sería capaz de jurarlo? ¿Ni surubí, ni patí, ni dorado, ni tararira, ni boga, ni armado, ni pejerrey, ni bagre, tan siquiera una ruin mojarrita, o uno de esos "charqueros panzones"?
—Espere, espere. Sí, ahora lo recuerdo, una vez pesqué uno en la estancia de Moore.
—¡Ah, ah!
—Pero, un bagrecito, según le dije, un bagrecito insignificante.
—Para comer, ¿verdad? Ud. estaba medio muerta de hambre y lo pescó impulsada por la necesidad, ¿no?
—No hombre. Estábamos ahí junto al arroyo aburridas con unas chicas y nos pusimos a pescar por gusto.
—¡Muy bien! ¡Lindo nomás!
—¿Qué?
—Quiero decir que Ud., que exteriormente parece un ángel bajado del cielo nada más que para hacerme la caridad de hablar conmigo apoyada en la empalizada blanca, siente gusto, fíjese bien "gusto", placer, emoción dulce de tomar un anzuelo agudo, con crueles aletas de retención y diabólicamente retorcido, para clavárselo en el paladar, en los labios o en la garganta a un pobre bagrecito y sacarlo afuera de su elemento para que pe-

rezca por asfixia en medio de las angustias de una larga agonía.

—Yo volví a echarlo al agua...

—Menos mal. Se ve que en medio del ambiente Ud. conserva todavía una sensibilidad que mucho la honra.

—¡Gracias!

—Hay personas que aun en los medios más bárbaros no la pierden del todo... Yo mismo, aquí donde Ud. me ve y siendo un chico de 7 años, tuve una vez una seria diferencia con una vieja gaucha de más de 70 porque ofendió mi sensibilidad.

—¡Está bueno! ¿Y cómo?

—Verá Ud. La vieja era cocinera y su nieto, un muchachito de 14 años, que acababa de degollar una oveja, se disponía a desollarla apurada y nerviosamente, porque la abuela lo acuciaba con su prisa.

—"¡Movéte muchacho, que se hace tarde!"

El muchacho chairó su cuchillito y tomando una de las patas de la oveja le clavó la punta junto a la pezuña, más en cuanto empezó a incidir el cuero a lo largo y en dirección a la verija... ¡perdón! a la... ingle, eso es, a la ingle, la oveja, que todavía no estaba muerta, empezó a dar unas patadas tan tremendas que el chico tuvo que soltarla.

—¡Qué horror! ¡qué bárbaro!

—Espere... Entonces volvió a empuñarla con energía pero las coces de la oveja le impidieron de nuevo su propósito haciéndole enrojecer de aflicción y de vergüenza.

La vieja entonces enojada le aconsejó con rudeza:

—¡Pero písele la otra pata, no sea bobo, y "aprienda" a trabajar!

Ante aquel espectáculo de crueldad yo sentí que toda mi sangre inocente se me subía al cerebro y le grité indignado:

—¡No ve que está viva! ¿no ve?

Y como ella se sonriera despectiva y tras un cínico: ¡ah, ah! pusiera su pie sobre el pescuezo de la mísera oveja, para ayudar a su nieto, yo me alejé unos pasos y desde allí, le grité con todas las energías de mi voz infantil:

—¡Vieja hereje, asesina! ¡Ahora va a ver con papá!

—¡Está bueno!

—Ud. se condujo medianamente bien, porque, aunque lastimado por el anzuelo, lo devolvió por fin a su elemento, pero esos otros... ¡ah, ah!

—Los otros... ¿quiénes?

—Sus colegas los pescadores aficionados, porque ponemos de lado a los profesionales, quienes por razones de necesidad, de lucro, martirizan animales del agua con la misma crueldad que sus semejantes, los gauchos, lo hacen con los terrestres. Me refiero a los señores, a los cultos y respetables señores. Todos son hombres instruidos, hombres de alta ciencia y muchas veces, al igual que Ud., se distraen, gozan extrayendo del agua con los agudos anzuelos de sus aparatos cómodos de pesca ora la plateada corvina, ora la abundante pescadilla, ora la corvina negra como un hombre, la blanca roncadora, la colorada o la "de la perita", ora el sabroso atún argentino, para después tirarlas sobre las tablas del muelle o en las blancas canastas de mimbre, mientras luchan con la asfixia que las mata, saltando y moviendo inútilmente sus opérculos... ¿Qué le parece?

—¿Y qué me va a parecer? ¿Pero yo no creo que todos esos pescadores aficionados han de complacerse en mirar esas agonías?

—¡Ah, naturalmente! Los más sensibles, después que se cansan de dar a la corvina, barracuda, caballa, atún "u lo que sea", un mazazo en la cabeza por el muchacho que les ceba o desengancha los anzuelos; pero, por lo general, la mayoría se despreocupa y si alguna emoción desagradable experimentan es cuando un pez se les va con la carnada o el vecino tiene la suerte de cobrar alguna pieza mucho mejor que las suyas.

—Es lógico. La emulación del deporte...

—Sí, pero lo que no es lógico es que Ud. asesina del bagrecito, no me ayuda...
—Ya le he dicho que yo lo solté...
—¡Lo solté, lo solté!... Ahora estoy por creer que se le escapó...
—¡Qué gracioso!
—Gracioso o no yo soy un hombre de estudio, que investiga la razón de los hechos sin aspiraciones de lucro, ni gregorismos cobardes y mezquinos.
—¡Adiós sabio!
—Sabio o no, yo soy uno que aquí, ante Ud., tan graciosamente apoyada en esa barrera blanca, ante esos señores que se divierten con sus caballos y ese sol otoñal que ya se está por ocultar, quiere saber si es más cruel el rudo pescador que para ganarse el sustento, encarna los anzuelos de sus espineles con bagrecitos, con dientudos o con porteños vivos, o el señor o la señora cultísimos que por simple diversión o esparcimiento honesto "arrancan del seno de los suyos" a una confiada pescadilla o palometa, que nunca le hizo mal alguno; si quién es más cruel: el gaucho que le quiebra la cola a un novillo porque tiene que arriarlo y éste no quiere levantarse o su gordita prima, que por darse un gusto...
—¡Bah, bah! ¡Le ha dado fuerte con la prima!
—No, es ella a la que le ha dado fuerte contra el tobianito roncador... Mire cómo vuelve a la carga.
—Bueno, ¡siga!
—Prosigo: para mí y salvo su mejor opinión, son más crueles su prima y esos señores aficionados a la pesca que esos pescadores profesionales y los gauchos, porque entre hacer daño por necesidad o en las luchas del trabajo y hacerlo por divertirse, media un largo trecho... ¿verdad?
—¡Claro!
—Bien. Admitido eso creo que podríamos entonces aceptar estas premisas:
La crueldad no es cuestión de educación, ni de edad, ni de

ambiente. El hombre, como buen hijo de la Naturaleza, ha heredado de ella la crueldad como heredan la ponzoña de sus progenitores esos pequeños ofidios, que apenas nacidos ya matan al que muerden...
—¡Oh! ¡Bah!
—¡Oh!, ¡bah!... ¿qué?
—Que es un disparate.
—¿Porqué?
—Porque según esa teoría todos seríamos igualmente crueles y Ud. sabe muy bien que eso no es cierto. Una persona culta puede cometer la crueldad –lo reconozco– de pescar, por ejemplo, pero nunca sería capaz de llevar a cabo ninguna de esas otras barbaridades a que Ud. hizo referencia.
—Muy bien. A eso voy precisamente: la crueldad en sus mil y una formas, nace con el hombre y está siempre agazapada, como un tigre en el bosque, en su corazón, esperando la oportunidad para saltar, mas, como todos los hombres no son iguales, ni tienen el mismo criterio, lógico es también, que la ejerciten de distintas maneras y sobre distintas víctimas.
—Yo nunca he necesitado...
—¡Espere!... y que todavía se permitan indignarse, contra los que no eligen las de su mismo gusto.
—No entiendo.
—Quiero decir que un señor cultísimo, que no podría resistir sin encenderse en cólera el espectáculo del maltrato de un caballo o de una vaca por un gaucho, puede cometer y mirar impasible otras crueldades, que, tal vez, indignarían al gaucho en la misma medida o por lo menos le harían murmurar en tono compasivo:
—No lo tenga así... Despeneló de una vez; ¡animalito e Dios!
¿Comprende Ud?... que, en resumidas cuentas, la crueldad está en el hombre y que el medio ambiente tan sólo establece diferencias en la clase de víctimas en que ha de ejercitarla.
—Me parece que Ud. generaliza demasiado. Yo, por ejemplo, no he maltratado nunca animal alguno y creo que...

—¿Escapó el bagrecito?
—¡Callesé! Déjeme hablar, y creo que en mi situación ha de haber muchas personas...
—Es indudable, aunque en realidad haya que reducir bastante el mérito de la virtud de esas muchas, a la que Ud. hace referencia.
—¿Por qué?
—Porque unas no habrán cometido el pecado por falta de oportunidad y otras porque no tuvieron tiempo material para cometerlo, ocupadas como estaban en martirizar a sus semejantes...
—¡Oh, bah!
—¡Palabra de honor! Yo he conocido muchos hombres y mujeres, llenos de piedad y aun de ternura para con los animales, pero atrozmente crueles y dañinos para con los seres de su propia especie.
—Yo también; pero, no es ése el caso que estamos estudiando. Hablamos de crueldad para con los animales y, en justicia, Ud. no tiene derecho a prejuzgar como lo está haciendo...
—Yo prejuzgo, pero "desconfío", como decía el gaucho...
—Muy mal hecho. Le repito que yo nunca he martirizado a un animal y que estoy segura que en mi caso estarán millones de personas.
—Es cierto, yo, por ejemplo.
—¿Usted?
—Yes, madam... ¿por qué me mira con esos ojazos?
—No sea cínico. ¿No me ha contado Ud. mismo las barb... las cosas que ha hecho en el campo?
—¿Yo?
—Sí, no se haga el sorprendido, ¿cuando mataba vacas, cuando mataba ovejas, cuando cometía con los animales las mil y una herejías?
—¡Ah! eso es diferente. Yo no mataba por crueldad, lo hacía por necesidad y usando al efecto los procedimientos más humanos.

—¡Pero qué audaz! ¿No les cortaba la cabeza a los corderos y a las vacas?

—No señora. En el campo, para matar a los animales, no se les corta la cabeza en la guillotina como a los hombres "à Paris"... En el campo se los degüella con un cuchillo, vale decir, se les abren las grandes arterias con un cuchillo para que mueran desangrados, rápidamente y la carne queda "lo más linda para comer".

—¿No ve?

—No hay otro procedimiento más práctico ni menos cruel. La vida del campo, como la del mar, es ruda y exigente para con los hombres; y así como los obliga a esas crueles faenas, los obliga también a esfuerzos de valor moral y de energía física que la vida urbana no reclama, y la mejor prueba de ello es que aquí, en las grandes urbes, y con pocas excepciones, casi no hay trabajo o actividad que las mujeres, con sus débiles manos y su corazón flaco, no puedan realizar al igual que los hombres. La comodidad de los transportes, los progresos de la electricidad y de la mecánica han hecho el milagro; una palanquita, un botón, apoyados por el esfuerzo de un niño bastan para mover el más poderoso mecanismo, y así resulta que de igual manera una chicuela de 15 años y un varón membrudo pueden trasladarse igualmente en horas a los puntos más lejanos de la república. El acelerador es tan sensible que responde con la misma exactitud obediente a la presión de un zapatito número 33, que a la de una bota brutal del 45...

Y así, en la escuela y en la universidad y en la tienda y en la fábrica, y en la oficina, y en el cine, y en el hipódromo, y en todas partes. Pocas oportunidades encuentra el varón urbano para poner de manifiesto esa superioridad de energías físicas y morales que para algo le dio la madre naturaleza en sus misteriosos designios...

Pero allá, en el campo era otra cosa, se lo juro. Allá sí que las mujeres no podían hacer lo mismo que los hombres, porque, aunque lo quisieran, les faltaban fuerzas y coraje. Una blanca mano de mujer con las uñas muy rojas, puede manejar, al igual que el hombre, el volante del auto más poderoso o del trimotor aéreo más formidable, pero ninguna mano de mujer, así fuera la de un excepcional marimacho, podría dominar la boca de un potro que dispara, vale decir, esa resistencia dura, sin elasticidad ninguna que ofrece al esfuerzo y que hace parecer, a veces, como que las riendas estuvieran atadas a un poste, ninguna mujer sería capaz de enlazar y voltear y matar una res bravía en medio de la soledad de los campos, ni de hacer un tiro de boleadoras de potro...

—¿Por qué?

—Porque las boleadoras de potro son tan pesadas que no podría ni revolearlas y si por acaso lo lograse sin bolearse el pescuezo, como le ocurrió a mister Darwin en el Uruguay con gran jarana de los paisanos, las arrojaría tan cerca por falta de fuerzas, que quizás el propio caballo las recogería con las manos... ¡ah, ah! y sepa Ud. que cualquier gaucho infeliz se las tiraba por lo menos a 20 metros de distancia, y desde un animal arisco lanzado a toda furia...

—Habría muchos hombres que no lo harían tampoco...

Claro, los viejos tullidos, algunos pobres baldados, pero allá...

—Oh, y sin estar baldados, aquí hay muchachas que tienen más fuerzas que los hombres...

—Es posible. El otro día leí en un diario que una mujer le había dado una buena pateadura a un hombre... pero, allá no señora, allá todos los hombres eran más fuertes que las mujeres.

—La "Bucha" Romero lo puede al marido...

—¿En qué clase de ejercicio?

—¡Y! Luchando a ver quién tiene más fuerza.

—¿Está enfermo, lisiado, o es quizás octogenario?

—No. Es apenas un año mayor que ella, pero él es chiquito y ella como Ud., sabe, es muy robusta...

—Entonces debe de ser un zanahoria, indigno de tener mujer... Las gauchas, como todas las mujeres, tan sólo los vencían a los gauchos en las lides amorosas...
—Mire que hay mujeres muy "fuertes".
—Pero nunca pueden serlo más que un hombre normal.
—Fíjese si le dan un golpe en la mandíbula y...
—Y después se soplan la manita y lloran...
—¡Ah, ah! Yo no, porque no soy una infeliz, pero en casa tenemos una vasca cocinera que si le da una trompada lo pone "knock out"...
—¡A mí!
—¡Claro que a Ud.!
—Me parece que no, a lo menos que sea una cocinera de biógrafo...
—¿Cómo de biógrafo?
—Quiero decir de esas mujercitas de las vistas de biógrafo yankees, cuyas hazañas dejan tan mal parada a la virilidad y a la ciencia, y la experiencia de los gauchos-bandidos de aquellos "pagos"...
—No comprendo.
—Ud. ha visto cuán frecuente es allá en EE.UU. (por lo menos en las películas) que una linda chica millonaria y que no hizo otra cosa en su vida que amar, bailar, fumar, tomar copetines, y enseñar las piernas, resuelva un día abandonar todo aquello para ir a hacerse cargo de un "rancho", que su acaudalado padre tiene abandonado en un lugar cualquiera del "lejano oeste"?
—Sí...
—¡Magnífico! ¿Entonces Ud. habrá visto también, cómo la refinada criatura lo primero que hace es ponerse "breeches" y botas, sombrero de "cowboy" y un par de grandes revólveres en la cintura?
—Es cierto...
—¿Que luego llega al "rancho" en cuyos ganados acostumbraban a venir a "empolvarse el pico", todos los bandidos de

diez leguas a la redonda, sin que pueda evitarlo el capataz con cara de "chansonnier" y del cual indefectiblemente concluye por enamorarse la muchacha?

—Sí, siga.

—Bueno, como la muchacha está firmemente resuelta a limpiar el "cuartel" de bandidos y más que todo a casarse con el lindo capataz, quien a juzgar por los besos que le propina (no ya detrás del "rancho", como entre nosotros, y cuando la vieja no ve, sino en cualquier sitio y en presencia de medio mundo) demuestra muchas más aptitudes para seducir que para vigilar la hacienda confiada a su custodia; la muchacha, sigo, se mete en unos peligros espantosos, que honran tanto su energía física y moral, cuanto ridiculizan las de los pobres gauchos-bandidos del Far West.

¡Ah, ah! ¡Una chica ultrarrefinada, sin otras experiencias que las del "flirt", del "fox-trot" y del "maquillaje" metida en entreveros de habilidad, de fuerza y de valor contra aquellos rudos facinerosos del desierto con veinte años de entrenamiento en sus brutales y reprobables ejercicios! Y lo mejor es que ella los burla, los vence y no les corta los bigotes porque no quiere... Si el bandido le dispara le erra, si es la muchacha la que lo hace coloca la bala en medio de las "guampas"; si el hombre del desierto huye a través de las quebradas, con esa velocidad espectacular que imprime la manivela a las corridas, la muchacha, la neoyorkina y millonaria, lo alcanza en breve tiempo a caballo, lo enlaza por el pescuezo, lo arranca de la montura, lo arrastra por el suelo y por último lo manea como si fuera un borrego...

—Y, ¿qué tiene?

—¡Caramba! Tiene que en nuestros campos, las mujeres ni perseguían, ni vencían a la "gente mala" como los llamaban a los gauchos malevos y que si su yankesita hubiera venido aquí a enlazar a los Barrientos, por ejemplo, a "los cuchillitos", a los "Penacho blanco" o a los componentes de la famosa cuadrilla de "Tata Dios" se la hubieran llevado y sin el menor daño a los "montes grandes" o a las sierras de "Pillahuincó" y después de quitarle "breeches" y botas le hubieran hecho poner una pollera.

—¡Oh!

—¡Se lo juro! No le quede la menor duda. Tenían un gran entrenamiento bárbaro para eso y otras cosas peores...

—¡Está bueno!... Pero, ¿a qué viene esa historia terrorífica?

—Venía a propósito de su cocinera vasca. Ud. me amenazó también, en forma terrorífica, con las fuerzas físicas de su cocinera y como yo no reconozco en la mujer otras fuerzas que las poderosas de la gracia, la ternura, la inteligencia y la feminidad pensé que Ud. quizá se refiriera a alguna de "Far West" "traducida" de una película de "biógrafo"...

—¡Qué biógrafo! ¡De carne y hueso!

—Lo siento por ella.

—¿Por qué?

—Porque nunca vi una mujer ni demasiado fuerte, ni demasiado sabia que fuese linda.

—Yo no tengo ninguna fuerza...

—¡Claro! ¡No faltaría más!

—Nunca la he ejercitado tampoco en deportes violentos...

—Muy bien hecho. Son desagradables a la vista los brazos trabajados de una mujer, como los brazos de un hombre efímeros como los de una damisela.

—Es cierto. A la "Patona" Monkey se le señalan como a un hombre los músculos de los brazos. Se le han puesto también las manos enormes...

—¿Sí?

—Bueno, pero es que también, ella ya es grande...

—¿Como su prima?

—No; grande de edad quiero decir... Debe ser más o menos como mi tía Eufrasia...

—¡Pa los pavos!... ¡Perdone! ¡Pa... los paisanos! la edad de las mujeres no parecía tener importancia: he visto algunos gauchos viejos que andaban por las esquilas con mujeres que parecían sus nietas y a gauchos adolescentes acompañados de otras que podrían ser sus abuelas...

—¡Está bueno!... Habiendo tanta chica linda...

—No, señora, no muchas chicas, ni lindas, ni feas. Había al contrario una escasez extraordinaria; una epidemia bárbara de mujeres...

—¿Cómo, epidemia?

—¡Ah! Vea: es que los gauchos pobres de léxico y acostumbrados a palpar las consecuencias que causaban las epizootias en los ganados, llamaban por extensión "epidemia" o mejor dicho "pidemia" para no hablar nunca bien, a todo lo que significase escasez, miseria o falta: "Había una "pidemia" tan grande e leña y ni huesos se hallaban para encender el juego". O bien: "Andaba padeciendo una "pidemia" tal de plata, que ni pa los vicios tenía"... ¿Comprende?

—¡Sí! ¡sí!

—Bien: Imagínese que "pidemia" de mujeres habrán padecido los mocetones gauchos de ciertas épocas en medio de la desolada despoblación de los campos, y de la inmensidad de las distancias.

—¡De veras!

—"Pidemia" de mujer, de pan, de sal, de tabaco, de todo cuanto suelen tener a la mano los hombres más incapaces, y en cambio, peligro por todas partes, peligro en el indio, en la fiera, en el viento, en la tormenta, en la inundación, las bestias bravías y hasta en el propio caballo, su compañero y colaborador en todas sus andanzas...

¡Ah, ah! ¿Y cómo es posible pretender que en medio de esa lucha no fuesen despiadados los hombres con los animales, no fueran tan indiferentes, crueles como la madre naturaleza lo era con ellos mismos en las horas eternas de sus angustias y sus dolores?

—Ud. vivió en el campo...

—Es verdad, pero aparte de alguna "herejía" de muchacho

inconsciente, tan sólo hice daño por necesidad y hasta tuve, a veces, impulsos caritativos que aunque esté mal decirlo han de contrapesar algún día en la balanza de mis culpas.

—¡Qué monada!

—¡Palabra de honor!... Le aseguro que en el fondo nunca fui mal bicho y que si no fuera por el caso de la vieja que le conté antes y por otros parecidos que acuden a mi memoria para embrollarme la tesis, casi me atrevería a decir que el tiempo, en vez de embotarla, afina la sensibilidad. Cuando chico era mucho más indiferente para el dolor –ajeno, se entiende– que lo que fui después y sobre todo ahora, en la perra edad de la reflexión y del análisis.

Vea: la vez pasada, no hace mucho, tuve que matar un borrego –¡si habré matado antes borregos, como la cosa más natural del mundo!–. Tuve que matar un borrego porque varias señoras jóvenes, hermosas como Ud. se lo querían comer y... ¡palabra de honor! ¡se lo juro! que por toda la tarde me quedó después una impresión desagradable. Sentía como si en vez de un borrego hubiera degollado a una persona.

—¡Está bueno!

—¿Ha visto? ¿Edad, cultura, refinamiento, tontería? Yo no sé.

—¿Serán los efectos del medio ambiente urbano?...

—¡Qué urbano, ni qué ocho cuartos! El mismo día de mi "crimen" un marido degolló a su mujer a la vuelta de mi casa y Ud. no va a comparar, me parece, a una mujer con un borrego.

—¡Claro que no!, pero una cosa es el fruto del impulso pasional y otra muy distinta eso de pasarse la vida martirizando o matando a los animales como hacen sus gauchos. Convénzase, la gente del campo pierde la sensibilidad y de tanto matar animales, concluyen por matar a las personas, como si tal cosa.

—¿Mire, que el que degolló a su "esposa y mujer" no fue un gaucho; fue un escribano público y el arma empleada una navaja de afeitar?...

—¡No sé! Estaría loco...

—A lo mejor... Pero lo que es indudable es que la crueldad y la maldad humanas se manifiestan por igual en todas partes y ya sea en unas u otras de sus infinitas formas. La única diferencia radica en que en el campo a que yo me refiero había pocos hombres y muchos animales y en las grandes urbes que Ud. ama, hay demasiados hombres y muy escasas bestias y de ahí resulta que la crueldad humana, que en los campos se cebaba en los animales, sin nombrar a nadie, en los grandes núcleos urbanos, de la actividad continua, lo propio está haciendo en los hombres, con el mismo efecto.

—¡Oh! ¡Qué disparate!

—Sí señora, y eso que en este último caso sólo me refiero a la crueldad material; si habláramos de las crueldades morales, tanto más atroces cuanto más civilizado es el medio, sería de nunca acabar... ¡Ah, ah! ¿Entre que a un novillo le quiebren la cola y lo hagan mugir de dolor o que a un ser humano, otro semejante, la retuerza el corazón hasta hacerlo llorar desesperadamente, ¿qué le parece más cruel?

—¡Las preguntas que se le ocurren!

—Pues bien, yo sostengo que la decantada cultura de los grandes núcleos sociales urbanos que, por lo menos en teoría, no permite, no diré que le quiebren la cola al novillo en la vía pública, ni tan siquiera se aten latas vacías a las colas de los canes, no ha hecho, ni hará, ni podrá hacer contra el ejercicio práctico de la tortura moral tan en uso y abuso entre las gentes civilizadas.

—¿Por qué?

—Porque la justicia humana, aunque fuera perfecta, no podría intervenir en el drama, primero, porque esta clase de víctimas nunca denuncian a su torturador y después aunque lo hicieran "de oficio" no lograrían otra cosa que molestarse inútilmente y...

—¡Perdone!... ¿La crueldad moral no es causal de divorcio?

—Sí, en los países en donde está establecido; pero aquí no estamos en esos países, ni hablamos de matrimonio...

—¿Entonces, de qué "hablamos"?

—Hablo de un caso especial que observé la vez pasada y cuya presencia me sugirió nuevas reflexiones...

—¡A ver! ¡Cuente!

—Verá: fue una tarde o mejor dicho, una noche del último verano. La gente, o mejor dicho, aquella parte de la población que flota y que se mueve, llenaba la calle de trajes blancos casi uniformes, pero con los que alternaban atrevidamente algunos vestidos de mujer rojos como las margaritas de mis "pagos" o verdes, como esas cotorras bullangueras que llenan los montes del Tordillo.

Luces, ruido, risas, despreocupación y alegría por todas partes y autos hasta no poder dar un paso sin mirar hacia todos lados con la inquietud y rapidez de un mono cascoteado, y enormes agentes de policía, arrogantemente erguidos, sobre sus no menos arrogantes y enormes caballazos. En una palabra, el bienestar, la comodidad y el orden que deben reinar en los grandes núcleos sociales que forman las gentes civilizadas... ¿comprende?

—Sí...

—¡Nada de cuernos clavados en los ojos, de colas de novillo quebrantadas, de orejas ceñidas con un tiento, de gauchos con las piernas rotas, con el pecho aplastado por el peso de un caballo; pero en cambio, aquello que yo vi en una plazoleta grandísima y a cien pasos del bullicio, de la luz, de las bocinas de los autos lujosos y del vocear atronador de los vendedores de mil cosas! ¡Ah, ah!

—¡Qué!, ¿qué vio?

—A un hombre y a una mujer sentados en un banco...

—¿Un hombre y una mujer? ¡Vaya la novedad! ¡Y para eso tanto preámbulo! ¡Ni que hubiera visto el banco en el arco de triunfo de París!

—¡Un momento! ¡Por favor, un momento! ¿Ud. siempre recurre "a París" para hacer sus comparaciones? ¿Por qué no dijo el Palacio del Congreso o el Aconcagua?

—No se me ocurrió... Pero... ¡siga! A ver, ¡siga!

—Un hombre y una mujer...

—¡Sí! Ya lo dijo...

—...sentados muy juntos en aquel banco...

—También ya lo dijo...

—A ella no le pude ver bien la cara porque se aplicaba el pañuelo a la boca, pero sí que tenía unos ojazos muy negros, un sombrerito muy ladeado, y apenas visible sobre la cabellera retinta y además, un cuerpo a la vez flexible y muelle como el de una gata de Angora...

—¡Cuánto vio!

—Espere... Como ya no es posible, como Ud. sabe, juzgar la condición de las gentes mientras no hablemos, sólo podré decirle que el aspecto de aquella pareja joven –entre los veinticinco y los treinta– era elegante, recatado... y...

—Recatado... ¿y en un banco de plaza?

—No prejuzguemos. Ud. no sabe si eran marido y mujer, hermano y hermana, tío y tía...

—¡Eh!

—¡Ay! Perdón... quiero decir cualquier parentesco a que autorizara aquel "mano a mano", en la vía pública, en la penumbra...

—¡Ah! ¡Es verdad!

—¿Ha visto? Con razón he escrito yo un pensamiento profundo como el mar, y que reza así: "No hay malicia más maliciosa, que la malicia de las gentes honradas"... ¿qué le parece?

—¡Ah, muy bien!, pero siga, termine su cuento, que ya nos vamos...

—¿Cuento? Está Ud. fresca como una ro... como un "filet" de pejerrey en la heladera... ¡ojalá que fuera cuento!..., cierto, ciertísimo, vea: ¡Por estos ojos que se han de comer los chimangos!

—¡Bueno, bueno!

—Y la mujer lloraba...
—¿Ah, sí?
—Sí, no se burle... lloraba, lloraba, sin escándalo, casi en silencio, pero de una manera tan dolorosa, tan elocuente y conmovedora como no vi nunca, ni antes, ni después, en mi vida. Lloraba, bajando la frente, ahogando los sollozos y las palabras con el pañuelo puesto en la boca y alguna vez llevaba la mano izquierda, visible por la oscuridad del guante, hacia el brazo del hombre en tímido ademán, contenido, que nunca llegaba, pero tras el cual su angustia parecía exacerbarse, como ante el fracaso nuevo de algún supremo argumento de persuasión o de ternura. El hombre no parecía "mal bicho", pero se estaba quedo en el banco, sin decir palabra y su rostro blanco y bien cuidado, emergía de la sombra grave y sereno, como el de un viejo médico que mirase la agonía de un enfermo... Una vez me parece que dejó caer una palabra sobre el hombro de la muchacha, pero no estoy seguro de ello, quizá la hubiera dicho antes de que yo reparara en ello, quizá no tuviera valor para separar los labios, de miedo de traicionarse... ¡Yo no sé! Le habrá dicho tal vez que ya no la quería, que era aquella la última entrevista que iban a tener sus corazones ante la eternidad del pasado y la eternidad del porvenir; que por esta o aquella de las cien mil razones por las cuales el dolor desgarra el alma de las gentes, esas dos huellitas paralelas, que casi en ensueño, cadera contra cadera, habían venido trazando con los pies a lo largo de sus vidas, iban a bifurcarse desde aquel instante para no volver a hallarse nunca jamás en la inmensidad de las distancias. ¡Yo no sé! Pudiera ser que él fuese un malhechor, sin entrañas, que la estuviese extorsionando en silencio para arrancarle algo que fuera para ella más que la vida, pudiera ser que caídos ambos bajo la garra de una fatalidad sin remedio, él como varón, disimulase su angustia; pero yo no sé si es porque soy hombre y los hombres cuando no se trata de nosotros mismos, siempre nos inclinamos a dar razón a las mujeres. Yo creo firmemente que aquella dulce mu-

jercita, tan femenina, era la buena, la honrada, la que defendía con todas sus nobles armas ese supremo derecho humano a conservar la ilusión de un amor en la vida... ¡Pobre muchacha! Lloraba sin ruido, sacudiendo los hombros y de vez en cuando llevaba su mano trémula hacia el brazo fuerte de su compañero impasible como buscando un apoyo que por primera vez le faltaba. Pasó un muchacho en bicicleta casi rozándole con las ruedas de su máquina, pero no los miró tan siquiera. Pasaron también sin mirarlos un vendedor de pastillas, dos mozalbetes juguetones, un conscripto y muchas otras personas, presurosas y desdibujadas. Algunos miraron quizá, pero sin interés ni extrañeza. Miraron con la misma indiferencia con que un gaucho miraría a otro que estuviera degollando una oveja. ¡Palabra de honor! Tan sólo de dos muchachitas muy recompuestas y tipo "standard" una tocó a la otra con el codo e hizo una leve mueca señalando a la pareja con la barbilla; pero no hubo en el gesto ni interés, ni compasión alguna. Fue más bien como un simple comentario mudo, de sospecha maliciosa y burlona. En un momento dado, en que la mujer torturada y siempre con el pañuelito en la boca echó la cabeza hacia atrás en un impulso incontenible de desesperación, yo, que hubiera dado no sé qué por ayudarla, por desentrañar aquel drama, no pude contenerme y pasé lentamente por delante de la pareja... ¡Pero nada! El hombre me miró inexpresivamente y ella, siempre llorando, ni me miró tan siquiera.

—¡Caramba!

—¡Caramba! ¿qué?

—Lo único que le faltó era ir a interrogarlos...

—¡Justamente! Y no me atreví a hacerlo por falta de base para ello y por temor al ridículo:

Vamos a ver
Por qué llora esta mujer.

Como en la vieja zarzuela.

—¿Y entonces?

—¡Pero, qué quiere! Hasta hoy no he podido olvidarme de la

pareja desconocida y dramática, de aquella pobre y encantadora mujercita a quien "le estaban quebrando la cola del corazón", en presencia de la cultura urbana impasible...
—¡Bah!
—¡"Bah"! ¿Qué?
—¡Vaya a saber, "la pieza" que sería "su mujercita"!
—¡No diga eso!
—Claro que sí, ¿sabe Ud. acaso, lo que le habría hecho ella, tal vez al otro? Uds. los hombres cuando se conmueven lo hacen casi siempre con mala puntería...
—Y Ud. con su dicho me trae al recuerdo algo muy interesante que me ocurrió una vez...
—¿Otro cuento?
—¡Cuento! Un caso tan real y doloroso como ese otro de la mujercita que lloraba.
—¡A ver!
—Trabajaba una vez en cierto teatro una compañía de zarzuela de segundo orden, con algunas mujeres agradables, música alegre y liberalidades de maneras y de lenguaje, que, por aquel entonces, comenzaban recién a tolerarse. El tal teatro se llenaba todas las noches y no de público solamente masculino, sino también de familias, vale decir padres, madres, hermanos, novios y juventud femenina.

Para mi modo de ver el espectáculo podía pasar, pero no así cierto comiquillo que hacía el papel de gracioso y que me tenía "reventado", con su cara insolente y cínica y sus groseras frases de doble sentido. Ud. habrá observado quizá, hay ciertos chistes de cierta naturaleza que dichos por ciertas personas alcanzan una procacidad e insolencia que no tendrían nunca en boca de otras.

—Es cierto.
—Bien. Este comicastro decía sus chistes de tan canallesca manera que uno advertía en su cara y acento el deseo malvado e inconfundible de manosear y ofender a la gente.

No voy a pretender que yo fuera el único a quien desagradaba, sino por el contrario, pienso que había muchas personas en mi caso, pero el hecho es que la mayoría lo aceptaba complacida, puesto que cada uno de sus dichos o retruécanos arrancaba a la platea una verdadera cascada de risas cristalinas, y al paraíso atestado de hombres, una carcajada como un trueno. Recuerdo que a la terminación de una de esas funciones en la que el comiquillo, envalentonado por el éxito, se había atrevido como nunca, me encontré envuelto en la muchedumbre ruidosa que se despeña del paraíso, una muchedumbre masculina y juvenil, de las tribunas populares de "foot ball" y el hipódromo que, lanzados escaleras abajo, entre risas, gritos y silbidos se apretujaba para ganar la calle cuanto antes.

En medio de la batahola infernal, aún se oían los comentarios sobre los chistes del cómico, exteriorizados a "todo trapo" y como es de imaginarse en términos poco escogidos... ¡"Ta qué bueno"!, ¡"La que lo"!... "Te fijaste la cara del minerío", etc., etc., etc...

—¿Y eso?

—Espere... De pronto un comentario, también lanzado entre risas, también a "todo vuelo" me llenó de curiosidad y de sorpresa.

—"¡Ta qué bárbaro, che! ¡pa trairla uno a la hermana, aquí!... ¡ja, ja, ja!"

Y el autor de la frase había sido uno de dos muchachos obreros, que bajaban las escaleras al galope, el que vestía un mono azul de mecánico...

El caso me resultó tan interesante, para ser contado, como honroso había sido para la delicadeza espiritual del muchacho, que no pude menos que referirlo a varias personas, de diferente edad, condición y sexo y... ¿sabe cuál fue el comentario, casi unánime, que provocó la anécdota?

"¡Bah! ¡quién sabe cómo sería la hermana!"...

ÍNDICE

Introducción 7
Prólogo 11
La torta 13
Pedro Amoy y su perro 21
Corajudo el alférez 29
Los corderos de "La Fanita" 35
Tengo mi moro 45
"El nene" 61
Un patrón endeveras 71
Debilitas 99
¡Por su madre! 113
El talerazo 119
Crudelitas 129

OTROS TÍTULOS DE LA COLECCIÓN

CUENTOS FANTÁSTICOS

MARCELO BIRMAJER

CUENTO POPULAR ARGENTINO

Susana Itzcovich

CUENTOS DE HUMOR

Susana Itzcovich

CUENTOS POLICIALES

Noemí Pendzik
Graciela Komerovsky

POESÍA

Noemí Pendzik
Graciela Komerovsky

EL INGLÉS
DE LOS GÜESOS

Benito Lynch

Este libro se terminó de imprimir
en el mes de noviembre de 1997
en los talleres de ColorEfe,
Paso 192, Avellaneda, Pcia. de Buenos Aires,
Argentina.